家族じまい

桜木紫乃

集英社

目次

装画　中比良真子　The world turns over No.53
装丁　アルビレオ

家族じまい

第一章　智代

月曜の朝、啓介《けいすけ》の後頭部に十円玉大のハゲを見つけた。

「行ってきます」

夫の言葉にはなんの濁りも陰りもない。顔のパーツがちいさな顔の真ん中に集まっているせいで、表情が読み取りにくいのはいつものことだ。

職場へ出勤するというよりは戻ってゆくような穏やかな朝の顔に、智代《ともよ》も唇を横に引き伸ばし笑顔で応える。

「行ってらっしゃい、気をつけて」

玄関先で見送ったあと、角を曲がるまでのあいだ、智代は窓から啓介の後ろ姿を追った。白髪の増えた短髪が、雪景色になじんでゆく。右肩を前後に揺らして歩く癖も速度も、若い頃と何も変わらぬような気はするが、雪景色のなかではどことなくちいさく見えるようになった。

師走に入り、土曜と日曜は智代が終日美容室のパートに出ている。啓介の後頭部に出来た円形脱毛の、理由はわからない。ひと晩で抜けたものか、時間をかけて少しずつ広がったものか。

あんな大きなハゲに今まで気づかなかった、という結果がぽんと朝の玄関に残された。客の頭髪ならば、どんなちいさな脱毛でも発見するのに、おかしな話だ。

本人は気づいているのだろうか、という疑問が追いかけてくる。

なるようにしかならない、は、啓介がよく口にする言葉だ。しなやかな柳のような男だと思っていた。しかしそんな夫の頭に、見事な肌色の円が出来ているのだった。

智代はひとり玄関で「へぇ」と一回頷いた。驚きでも心配でも笑いでもない「へぇ」だった。息をひとつ吐いてから感情の在処《ありか》を探す。一拍おいてから掘り起こされる感情はいつもほんの少し冷えている。目の前の難題を大ごとにしないのが特技だとばかり思っていた男の身に、髪が抜けるほどの出来事が起こっているらしい。さあどうしようか、と次の一歩を探している智代も、悩む時間を飛ばしている。

長男の高校受験が迫っていた頃、家族一緒の転勤生活はやめて札幌近郊の江別《えべつ》市に建て売り住宅を買った。理容師免許を持っている智代がローンの足しにと、近所のスーパー内にある美容室にパートで働き始めてから八年が経つ。四方に住宅街を抱えた大型スーパーは客層も家族連れがほとんどで、智代は主にメンズとキッズのカットを任されている。

めったに休みが合わないことと、息子と娘の学費を工面するのに精いっぱい。今年もあと半月、ここから先はお互い毎日くたくただろう。

改めて振り返ってみれば、自分たちはそれぞれの仕事について話したこともないし、愚痴すら言い合ったことがないのだった。

日常に生まれるずれや違いに気づくのは、交わす言葉ではなく、顔色がいい悪い、あるいは機嫌がいまひとつ、風邪気味か飲み過ぎかといった、わかりやすいことばかりだ。よくよく考えてみれば、会話で何かを解決したことがない。いちいち言葉にしないことが居心地良くて一緒にいる男が、言葉のないまま円形脱毛を作って笑っているという現実を、さてどう受け止めよう。円脱で悩む客の相談には乗れる。しかし夫と自分のあいだには相談の窓口がなかった。

窓の横にある姿見に自分を映してみる。フリースの上下に綿入れ半纏《はんてん》を羽織り、顔には昨日と変わらず左の頬に消えないシミがある。太陽が昇りきる前の蛍光灯の下は、四十八歳の目元や口元にくっきりとした影を作っていた。

円形脱毛症——

音にせずつぶやいてみる。啓介が気づいているのかいないのかが気になった。原因を探ったところで、抜けたものが再び生えるには時間がかかる。肌色のシールを貼ったような脱毛箇所を思い出し、智代は「さて」と台所に立った。ハムエッグを焼いてそのまま皿代わりにしている黄色いフライパンから洗い始めた。トーストとハムエッグとコーヒー、葉野菜があるときは割り入れた卵の横に入れて蒸し焼きにする。今日は小松菜だ。

啓介が使った食器に食べ残しはない。食欲はあるらしい。

隣家の屋根越しに、太陽の光が差し込んでくる。絨毯の四角い日だまりが少しずつちいさくなってゆく。

脱毛箇所がひとつで終わる単発型なら治るまで数か月、二箇所以上の多発型になると短くても半年かかる。目下の問題は進行させないための環境作りだが、誤作動を起こした免疫細胞がいったい何を引き金にしたのかを知らなくてはそれも叶《かな》わない。

ハンディタイプの掃除機でテーブル周りのパンくずを吸い取った。夫婦ふたりの生活になってからはさほど床も汚れなくなった。洗濯機を回しているあいだに、身支度を整える。主婦層が多い店舗では、若い女性客を担当する技術者以外は服装もアクセサリーも気を遣わずに済んだ。智代は心がけて「隣のおばさんイメージ」で店に立つ。カラージーンズと、夏はちょっと面白いキャラクターTシャツ、冬はシンプルなトレーナーにエプロンだ。三十分で支度を済ませ、洗濯物を干して家を出た。日の光を目にしてからたった数時間で、空には雪雲が垂れ込めている。智代は啓介に持たせたものと同じ、昨日の残り物に卵焼きを足した弁当を持ち、踏み固められた雪の道を歩いた。

啓介は高校を卒業した年から四十年間公務員生活を続け、北海道内の市町村を二年から三年で転勤という生活を送ってきた。智代はそのうちの二十五年という時間を一緒に過ごしている。暮らしに波風が立ったのは過去一回。妊娠を機に姑《しゅうとめ》と智代の折り合いが悪くなったときで、啓介はさほど悩む様子もなく、智代の側について母親を落胆させた。

男の子を産まねば長男の嫁ではないと言うのなら、俺が長男をやめる。

やめようと思ってやめられるものでもないはずが、そのころ啓介の三つ下の弟が借金を抱えて実家に戻ったことで、親の関心が無理なく弟のほうへと流れて行った。おかげで智代は毎日姑から電話が掛かってくるという日常から解放された。

子供たちは両家の祖父母との関わりが薄いまま育ったが、気楽さと引き換えに失ったものを数えようとしても、指を一本も折らずに時間は流れた。

太平洋側の町からオホーツクに面した土地、日本海をのぞむ漁師町へと、転勤のたびに荷物をまとめ両手に子供を抱え家移《や》りしてきた。今年の春から再びのふたり暮らしに戻っているが、当初予想された智代の「空《から》の巣症候群」は未だに訪れず、パート先の店長にも不思議がられているところだ。

午後二時、カットサロン「アクア」店長の果穂《かほ》と休憩室で一緒に弁当を広げた。ぽつぽつと今朝のことを話している。話せるくらいだから大丈夫、と自分にも言い聞かせる。卵焼きを口に入れたところで、果穂が驚く様子もなく「いきなり十円ハゲですか」とつぶやいた。

「亭主の後ろ姿をゆっくり見てもいなかったってことだね」

「正直、三十七の未婚にはわからない日常ですねえ。刺身コーナーでご挨拶したとき、けっこう飄々《ひょうひょう》とした方だなって思いましたけど」

わたしもそう思ってた、という言葉を冷えたご飯と一緒に飲み込んだ。

「このあいだ髪を切ったときは、なかったんだけど」

「三週に一度、玄関でカットするって言ってましたもんね」

弁当コーナーの人気商品「焼き鳥弁当」を食べ終えた果穂が「ちょっと待って」と休憩室

から出て、すぐに戻ってきた。

「成分悪くないはずなんで、使ってみてくださいよ。生えたらいい宣伝になりますから」

育毛剤のサンプルを三本紙袋に入れて差し出し、「これで商品一本分です」と言ってにんまりと笑った。

「まさかうちの亭主がモニターになるとはねえ」

礼を言って受け取ったものの、これを啓介になんと言って勧めるかが問題だった。飄々としている男の、プライドに関わる諍《いさか》いを避け続けているがゆえの二十五年なのだ。

理髪師ではなく女房として抜け毛を指摘することは難しい。夫婦ゆえに、笑い話で済まないこともある。「ハゲか」と胸でつぶやくばかりだ。

単発型なんですよね、と訊かれ「たぶん」と答える。頭頂部は、毛の流れに逆らって覗いてみるまでわからない。

「六十も近いし、ツルっと全体的になくなってってもまったくおかしくない年ではあるんだけどね。円脱の場合はあきらかにストレスだってのが痛いね」

「まあ、全体的にバサバサと抜けた弟から突然の電話で死にたいって泣かれるのもつらいですよ。あれはきついです」

果穂にはちいさな出版社で働いていた弟がいた。ノンフィクション作家の担当となり、行きがかりでマネージメントを手伝っているうちに他社から出した一冊がベストセラーになった。窓口仕事が増えて本来の編集業務が前に進まなくなってきた頃、いつもらえるかわからない原稿のことでストレスがピークに達した。我慢の限界が来たところで、彼に外部との取り次ぎを任せていたノンフィクション作家が温泉旅行に行きたいと言いだした。そこで日頃の不満が堰《せき》を切ったという。

「金をもらわないとやってられないなんて、なんでそんなこと言っちゃったんだか。ちいさいときは気弱で頼りない子だったんですけどねえ」

起き抜けの作家に電話を入れて怒鳴った結果、彼の通帳には要求通り百万円の振り込みがあり、彼はほどなく解雇された。

「ぼろぼろで実家に戻ってきたときはどうなるかと思ったんですけど、いま勤めている札幌のワインショップのオーナーがいい人で。このあいだ試飲コーナーを拡張したときにフロアの責任者になったそうです」

ひとまわり近く年下の果穂に起こった、身内の不幸話で慰められた。智代は、啓介の脱毛もこうして口に出せる程度のものと思うことで今日の出来事にちいさな折り合いをつける。

果穂がカットサロン「アクア」の二代目店長としてやってきたとき、智代はすでに古参のパート技術者だった。店長を含め入れ替わりの多い五人のスタッフで座席六席を回している。扱いに気を遣う年長技術者だったはずの智代の懐へ、果穂は「最初はおっかなかったんですよね」と笑いながら滑り込んできた。

啓介とは、ひとつところに落ち着けなくなることを承知の上で一緒になった。風に吹かれるように啓介の人生と手をつないで生きてきた。

二十六年前、修業時代を経てやっとの思いで父の店を継いだものの、その店も彼の借金と引き換えに失われた。娘の自分には腕しか残らなかった。借金で借金を返すような父の生き方から一ミリでも離れたくて、実家にはほとんど顔も出さぬし、近年は電話を掛けるのも年に一、二度となった。

ところで、と果穂がいたずらっぽい目をした。

「智代さん、まだ空《から》の巣《す》症候群が来ないんですか」

「来ないですね。それって、必ずならないといけないもんなの?」

「智代さん世代のお客様なら、それが圧倒的多数じゃないですか。共感するのも客商売の道具ですし。智代さんのドライさ、わたしは好きなんですけどね」

「空の巣が早く見つかるように、がんばってみるわ」

「無理矢理なれとは言わないですよ」

暗に、客と話すときは「ふり」をしてくれと言いたいのだ。笑って「はいよ」と返し、弁当箱を巾着に戻した。

午後五時、智代は飛び込みのキッズカットを終えて道具を仕舞い、スーパーの鮮魚コーナーに寄った。半額になった刺身パック、豆腐一丁と厚揚げを一枚買って外に出る。頬が切れそうな風が吹いていた。故郷の道東にはひと冬をとおしてあまり雪が降らない。どんな大粒の雪でも冬の海風ほど冷たくはないことを、雪の町にたどり着いてから知った。

ポケットの中でスマートフォンが震え始めた。手袋から滑り落ちぬよう気をつけながら画面を見る。函館に住む妹の乃理《のり》からだ。取ろうか取るまいか、着信と拒否しか選べない画面に少し迷いながら、智代は妹からの電話を取った。

「お姉ちゃん、今どこ」

「外にいる。仕事帰り。何かあった？」

「ちょっと長くなりそうなんだけど、いいかな」

「手短にお願い出来るかな」

乃理の大きなため息が耳に流れ込んでくる。落ち着いた時間に電話を取ると、軽く一時間はひとりで喋り続けるので厄介な相手だった。長くなる、と最初から言うからにはよほど長い話なのだろう。家まで歩いて十五分、そのあいだに用件が終わればありがたい。

「ママがね、ボケちゃったみたいなんだよ」

「どういうこと」

「だから、ボケちゃってるんだってば。台所で何をしようとしていたのかわかんなくて泣いてるんだって。物忘れがひどくて、ときどき人に笑われてるうちに外に行きたがらなくなったって。そんなこといきなり言われたって、ねえ」

「最近のこと？」

「ついさっき、電話して聞いたところ。二、三日にいっぺん本人と話していたときはなんにも変わらなかったんだよ。元気かって訊けば元気だって言うし。変わったことないかって訊けばないって答えてた。で、珍しくパパが電話に出ていきなりそんなこと言われてびっくり。

こっちから掛けた電話で、なんで怒鳴られなくちゃいけないのか、わけわかんないよ」

父が苛立っているのはいつものことだろう。怒りがないと逆に病気になってしまいそうな男だ。

「なんであなたを怒鳴るわけ」

「そんな状態でふたりで暮らしてて、大丈夫なのか訊いただけだよ。お前に何がわかるって、いきなり」

相変わらず凪は冷たい。今日は智代の足が速いのか、時間が短く感じられるのか、あと五分も歩けば家に着いてしまう。

「わかった」

いま言える精いっぱいを口にしたのだが、乃理には伝わらなかった。

「それでね、電話の用件はここからなんだけど。ちょっと見に行って欲しいの」

何を、と訊《たず》ねると実家だと返ってきた。

「心配じゃない、どんなふうに暮らしてるんだか。火事なんか出されたらたまったもんじゃないし、ふたりともまだ免許証と車を持ってんだよ。本当はすぐ行きたいんだけど、うちは受験生抱えてるからさ。年末年始は無理。お姉ちゃんのところはもう家を出てるし、夫婦そろって身軽じゃない」

実家との付き合いを最小限、あるいはほとんどせずにやってきた。これはそのツケだった。意識的なのかどうかはわからないが、乃理本人もおかしなジャブを打って、実家のことに情の薄い姉の反応を確かめたいのだ。

「身軽って言ったって、年末までは仕事あるよ」

だけどそっちはパートで融通がきくじゃないかと詰め寄る妹の声が次第に高くなる。

「パパはさ、お姉ちゃんにだけは自分たちの弱みを握られたくないから、自分からは頼れないわけよ。跡継ぎだ跡継ぎだっておだて上げて中学を卒業してすぐ床屋の修業させたのはいいけど、結局自分の不始末で店を取り上げちゃったし。電話にしろ里帰りにしろ、まめにするのはわたしだけでしょう。そのぶんうちとはお互いにあてにし合う関係が続いてきたのも確かだけど。でも、これはお姉ちゃんにも関係あることなの。お姉ちゃんは自分たちのことを駆け落ちして縁が切れたと思ってるかもしれないけど、現実は違うんだよ。パパはお姉ちゃんと話して、半分捨てられていることを認めるのが嫌なの。勝手な親だけど、親は親でしょう。そろそろ重たい腰を上げて欲しいんだよね」

クラクションの音が響き渡った。赤信号を渡ろうとしていたらしい。智代は慌てて歩道に戻り、息を吸い込んだ。肺まで凍りそうな冬の風が、体に流れ込んできた。右手に握った電話から、乃理が大声を上げた。

「ちょっとお姉ちゃん、ちゃんと聞いてるの」

しばらく画面を見てから「わかった」と返した。何がわかったのかわからないまま通話を終えた。

見上げると、もったりと厚い濃紫の雲が空を覆っていた。父が妹に「大丈夫か」と訊ねられて怒り出すのは、少しも大丈夫ではないからだろう。もう、あと百メートルも歩けば家に着くというのに、やけに足が重たかった。

春から、子育てを終えたちいさな家が啓介と智代の終《つい》の棲家《すみか》となった。あと二十年あまり払い続けるローンも、毎月の支払いは賃貸マンションと変わらない。買ったのか借りているのかどうか判然としない状態ではあるものの、大病をするとその場で借金が帳消しになるという保険付きの、痛かったり痒かったりの不思議を秘めた家だった。契約書に判を捺《お》す際に「健康って金で買えないんだな」とつぶやいたのは啓介だ。

マフラーを頬まで上げて、家に向かって歩いていると、店を手放すことになった若い日を思い出す。道東がその年いちばん冷え込んだ師走の夜だった。

理容競技会出場を辞めてから一段と仕事に身が入らなくなった父がぼそりと告げた。

年内に店をたたむから――

体が宙に浮く、とはあんなときのことを言うのだろう。

父は技術的には優れていても、生業《なりわい》としての理髪店経営には熱を入れていなかった。おおっぴらに人と争える競技会が、彼を理髪店に縛り付けていたのだと今ならわかる。負けられない勝ちたいといった言葉が好きな男にはたびたび副業の話が舞い込み、そのたびに似たような人間に騙《だま》された。投資と保証人の印鑑が、どれだけ怖いものか、父は何度痛い目に遭ってもまたすぐに新しい話に飛びついてゆく。ただどんなときも、街角のちいさな理髪店だけは手放さずにいたのが、あのときだけは違った。

山奥に温泉の出る土地を買ったところで、北海道の山奥にもバブル崩壊の余波が押し寄せた。リゾートホテルのオーナーになるはずだった男が抱えたのは借金のかたまりだった。新しいことに手をつけては新しい状況に捨てられ続けていた父が、飽きもせずまた丸裸になった。後継ぎという甘言《かんげん》に乗った自分も、父と同じく虫のいい人間だったのだ。以来、自分の店を持つという夢をみなくて済んでいる。

客だった啓介に店をたたむと告げた際、智代の視界がぐるりと反転したのだった。

——迷惑でなければ、次のお店に行っても通いますよ。

次の店などないのだと告げたところで啓介が放った言葉がふるっていた。

——じゃあ、ずっと僕の頭洗いませんか。

あの日智代を父の借金から切り離してくれた男には、次の扉を開いて見せる力があった。結婚を許す許さないという話を遠くに放ることが出来たのは、若さだったろう。母親の恨みがましい台詞も撥《は》ね返して家を出た。駆け落ちという言葉に酔っていたというのなら、そうかもしれない。

引っ越しが仕事みたいなものだ、という彼の言葉どおり、三年と同じところに住んだことがなかった。どういった巡り合わせか土地を変えるたびに故郷から離れてゆくのも、地縁と血縁の重みが薄れるようで、本来持っていた情の薄さなのかどうか、そんな生活を智代自身も半分楽しんでいた。

「十円ハゲか」

雪道にぽつりと言葉がこぼれ落ちた。二週間前に散髪したときにはなかった。どんなに小さくても、あれば気がついている。氷の上に降った雪を踏んだところで滑った。両足を踏ん張って堪《こら》えたところで腰に刺さるような痛みが走った。

午後九時、湯上がりに湿布を貼っていると啓介が帰宅した。

「どうした」

「腰を痛めたの。帰りにちょっと滑っちゃって。踏ん張ったのがいけなかったみたい」

「そのまま素直に転んだほうがいい年でもないんだろうねえ」

寒さにしびれる腰や太ももといった自覚症状があるせいで、悪気のないひとことを素直には聞き流せない。

厚揚げを焼いて、刺身と一緒に食卓に並べる。豆腐は冷や奴にする。いつもどおり、芋焼酎のお湯割りを添えればふたりの夕食だ。子供たちが家を出てから、極端に肉料理が減った。野菜が足りないところは明日の朝、野菜ジュースを飲んで補う。

風呂から上がった啓介がお湯割りをひとくち飲んだところで、智代は自分の後頭部を指さした。

「啓ちゃん、ここ、気づいてる?」

一瞬の照れ笑いから、すとんと笑顔が落ちた。啓介が間延びしてしまった湯上がりの顔を隠すようにうつむいた。

「いつから?」

「わかんない。俺、後ろに目なんかついてないし」

顔を上げて刺身を口に運ぶ表情がいつもどおりに戻った。後ろに目がついていないのは、自分も同じだ。智代も刺身に手をつける。

「気になるようだったら、病院行くのが早いよ」

「何科なんだろう」

「皮膚科。増えないようなら心配ないし、あんまり気にすることもないと思うけど」

すぐに伝わるような妙な遠慮はかえって傷つける。ここはためらいなく訊ねなければいけない。

「なんか、あった？」

啓介が「うーん」と言いながらお湯割りに口をつけた。智代の頭の上を旋回している「ボケ」と「ハゲ」は、厄介な色の鳥となってどこへも飛んでゆく様子がない。

「女ですか？」

「そういう甲斐性はないね」

啓介が五十を過ぎて、初めて単身赴任をしたときに持った疑惑には、はっきりとした結末を求めなかった。自宅からの通勤に戻ってからもおかしなそぶりはなかったし、嫌な物言いをしながら腹を探っていた頃には戻りたくない。抜けない棘《とげ》やささくれは、多くを望まないことで片付けてきた。ここにきて女のことでハゲられては女房もかたなしだった。

「複合的な要因、って感じかな。どれがどうっていうのは、自分ではよくわからないよね。

理由にしようと思えば、年とか体力とかいろいろあるでしょう、還暦近いし」

「年と体力」ではなさそうだ。その性分が鰻か柳か、という啓介がのらりくらりと逃げ始めたからには、深追いする時期ではない。自分から還暦などという言葉を出すことで原因をそこに落ち着けたいのなら、問題の根はもう少し具体的なもののように思えた。

「そうか還暦か。わたしはもう少し先だ。啓ちゃん、若い嫁もらっておいて良かったねえ」

夫の乾いた笑い声がテーブルに跳ねて、食卓がほんの少し華やいだふりをする。「ボケ」と「ハゲ」さえ頭から離れてくれればこんな穏やかな夜もない。

「うちの店で販売することになった育毛剤のサンプルがあるんだけど、使ってみる?」

「ハゲだけ残して、生えてる毛だけがビュンビュン伸びるとかじゃないよね」

「それはそれで、いいんじゃないかな。伸ばせばとりあえず隠れるし。職場のうけはどうかわからないけど、後ろで髪をまとめる男の人もけっこういるよ最近」

「わかった、使ってみる」

「少しでも皮膚の色を隠すような色をつけてみる?」

「いや、要らない。周りはとうに気づいてるだろうし。俺も上司がハゲれば気づくし言いづらい」

「周りはなかなか言い出せないよね」

啓介は「うん」と頷いて、ほんの少し遠い目をした。

「そういえばずいぶん前の部署で、似たようなハゲを作った管理職に、若いやつが酔っぱらった勢いで目鼻を描いたことがあったな、大問題になったけど」

「その若い子、どうなったの」

「年明けすぐに異動の内示。心の狭い上司だったな」

根本的な問題を避け合って過ごしているうちに、いつの間にかそれが生活になった。

ふたりで守ってきたのは自分たちが両手を広げて手をつなぎ合っていられる範囲のことで、「家族」という集合体のなかにお互いの親きょうだいは入っていない。

いずれ親の面倒を看《み》るということを言い含められながら育ってきたので、そこから一歩でも遠いところにいられるのは、たとえ問題の先送りでも現在の自分たちにとってはありがたい褒美なのだった。

長男長女、墓守、責任といった問題をひとまとめにして風呂敷に包んだまま、実家から鉄路でも高速道路でも五時間かかるところに住まいを決めた。スープが完全に冷めるくらいが、あの頃の自分たちにとっての程よい距離だった。

お湯割りをひとくち残し、智代は「さて今はどうなのだ」と自分に問うてみた。自分たちの十年前を思い返せば、まだ子供にも手が掛かり、両家の親の鼻息も荒かった。彼らの「誰の世話にもならない」という強がりに多少の自信があったときから、すでに十年が経っているのだった。

空の巣症候群か――

なに、と啓介が問う。言葉に出していたことに驚き、なんでもないと返した。

「空の巣症候群？」

「聞こえてんじゃない」

職場で期待されてるようだ、と答える。

「子供たちが家を出て、お母さんがガクッときちゃうっていう、あれかい」

「お客さんとの話の間だけでも、合わせたほうがいいみたい。そんなにさびしくなかった、っていうのは人としてちょっと可愛げないんだよ、たぶん」

へぇ、と啓介が頷きながら「強いて言うなら、俺は燃え尽き症候群かな」とつぶやいた。

感情が希薄というよりは、すぐに結果を欲しがらない性分だったことで足並みがそろっている。特別欲しがらなくても、否が応でも結果は出てしまう。諦めの連続が生活だと、言葉にしないところで気づいている。

台所で二杯目のお湯割りを作った啓介が、半分を智代のカップに注ぎ入れた。

「人に言えるくらいになれば、たいがい危機は脱してるはずなんだよね」

ぽつりとこぼれた言葉の意味を見ないよう、急いで胸の奥にしまい込んだ。結果を急がない妻も妻なりに、夫婦なんだからなんでも言って、と言わずに過ごしてきたのだ。

「そうだね」

柳のような男の、触れてはいけないプライドのすれすれにいる。すれすれだから却《かえ》って静かであると気づけるくらい、年は取った。いったい何を胸にしまい、何を持ち寄ってこの関係を続けているのか。腹のあたりからせり上がってくる問いに、急いで蓋をした。

洗面台の前で歯を磨き始めた啓介の横で、歯ブラシを手に取る。疲れた顔の夫婦がふたり鏡の前に立っていた。朝寝坊と宵っ張りの子供たちが家にいた頃は、小言ばかり言っていた。こんなふうに、ふたりそろって鏡の前に立ってしげしげとお互いを見るなどということもなかった。

それぞれ六十と五十に手が届く今、訪れた暮らしがあまりに静かで、智代は最初から自分はこの時間を欲していたんじゃないかと錯覚しそうになる。こんな穏やかな時間が来たのだから、過去に多少ちらついた女の影も、うまく散って行ったと思いたい。

子供たちが二人とも家を出てからまだ一年経っていないのだし、と智代は首を横に振った。不意に夕どきに入った乃理からの電話を思い出した。気持ちの端のささくれがめくれ上がった。歯ブラシに歯磨き粉を載せたままぼんやりしていたらしい。啓介が歯茎に歯槽膿漏薬を塗り込みながら「どうした」と訊ねてくる。鏡の中の夫に、ささくれを告げた。

「釧路の母が、ボケたらしいの。夕方、函館から電話があった。見に行ってくれって言ったって無理。向こうだって突然わたしが訪ねて行ったら驚くだろうし」

「何年くらい会ってなかったかな」

「三年。お祖母《ばあ》ちゃんの三回忌じゃなかったかな。あのときはまだ、新しい商売がどうのって話してたよね」

「お義父さんはもう、借金で大変とか、そういうことはないんでしょう?」

「聞く限りではね。かろうじて残った賃貸マンションの上がりで暮らしているみたい」

「会いたくないのは知ってる。責任とかいろいろ考えるときに、決して平気なわけじゃないこともわかってるから」

「そっちはどうなの。電話、してる？」

「ときどき、向こうからくるけど、まぁ元気そうだよ」

啓介はそれ以上のことは言わず、さっさと二階へ上がってしまった。ふたりとも親の話を始めると、内側で眠らせている「責任」としばらく戦うことになる。

智代はその夜、啓介を自分の寝床に誘おうかどうしようか迷い、結局いびきが聞こえてきたところで諦めた。

冬の風がどこに共鳴しているのか笛のような音をたてて通り過ぎる。今日の疲れと明日の仕事を秤《はかり》にかけて、眠くなるまであれこれと答えの出ないことを考えるときが多くなった。体が熱くなることもなくなった代わりに、さびしい思いもない。今までもこれからも銘柄を変えないシェービングローションのにおいが漂ってくる。

いびきが止んでかさかさと布団の音がした。啓介がぼそりとつぶやいた。

「なんか、湿布くさいな」

「眠気が覚めるようなこと言わないでよ」

風の音が高くなった。

雪の嵩《かさ》が増して、街全体が白く染まった。クリスマスイブの三日前から、店長の果穂がサンタクロースの仮装をしている。

親に空の巣症候群がやってこないのと同様、子供たちもホームシックとは無縁らしい。年末年始はそれぞれに行き先があるということで、実家には帰らないと続け様にメールが入った。去年まではクリスマスも正月もささやかながら家族のイベントとして誰かが欠けるということはなかった。静かな年末年始だと告げると、果穂が「ご主人と水入らずですね」と返してくる。

「新年っていうよりは、いつもどおり来月って感じ。今日から明日になるだけで、なんにも変わらない気がするな」

「智代さん、うちの親と同じこと言ってますよ。その感覚、完全に老化現象です。ドライ感に磨きがかかってますね。ドライっていうより、怖がりかな」

「怖がり」のひとことに、おや、と首を傾げた。智代の反応が意外だったようで、果穂も休憩室を出て行く足を止める。

「わたし、なんか悪いこと言いましたかね」

「いや、怖がりってのがちょっと新鮮で」

「少し前に読んだ本に、無感動という武器があれば過剰に傷つくこともない、ってなこと書いてあったんで、つい。それって、武器というよりは自分を守るためじゃないかって思ったもんだから」

「店長、難しい本読んでるねえ」

「いや、開いてるだけで満足してるんですよ」

「サンタに言われると、ちょっとありがたいかも」

果穂が、へへっと笑いながら赤い三角帽子を被った。弁当を片付けながら「怖がり」のひとことを胸で転がし続けた。

怖がり、か。

啓介と二人分の、せめて食事だけでも年末らしい特別なものを考えたほうがいいだろうか、と迷っているあいだに、カットサロン「アクア」店長名物のイベント仮装期間が終わった。

大晦日は午後三時で閉店し、一時間かけて店の大掃除をしたあとは正月休みに入る。オーナーがやってきて、ひとあし早いお年玉と言いながらひとりひとりに門松模様の封筒を手渡した。二十五歳の若手から智代まで、ずらりと並んだ五人のスタッフのうち、三人がパートだ。オーナーのつるりと丸い色黒の顔は年がら年中変わることなく、本人が言うには「南の生まれ」で、果穂の情報では「日焼けサロン」だ。

「みなさん、今年も無事に仕事納めの日を迎えることが出来ました。お疲れ様でした。年明けは六日からの営業です。新しい年は、僕も新しい挑戦をしていこうと思っています。そのときはまたみなさんのお力を貸してください。お休み中は体に気をつけて、また元気な顔で会えますように。よいお年を」

オーナーの視線がほんの一瞬、智代で止まった気がした。気のせいではなかったことがわかったのは、施錠を済ませた果穂と店の前に立ったときだった。

「智代さん、まっすぐお家に帰るようだったら、送って行きますよ」

ちょっと話したいことがある、と言う。ありがたく店の裏側に停めたワンボックスカーに乗り込んだ。フロントガラスには薄く氷の膜が張っている。車を暖めているあいだ、ごうごうとヒーターの音が響くなか果穂が言った。

「オーナー、ここから撤退するかどうか考えているみたいなんです。来年の八月いっぱいで契約が切れるらしくて」

「店舗の契約を更新しないってこと？」

「札幌に新しいお店を探すのもありで、郊外だったらお家賃のぶんで、ローンの支払いをしていくマンション付きの店舗を建てられそうなんだって。契約更新するかどうか、今が考えどきだそうです」

先ほどの「新しい挑戦」のひとことが蘇り、智代もうまい言葉が浮かばない。いつ訊いたのかと問うと「さっき」と返ってきた。

「新しい挑戦、かあ。店長に言うってことは、もうけっこう気持ち固まってるってことかもしれないねえ」

「そこのところはなんとも。ただ、撤退するとしても全員そのまま新しい店にというわけにはいかないと思うって」

果穂が暖まりきらない車内に白い息をひとつ吐いて、あのお店好きなんだけどな、とつぶやいた。

「春くらいまでには、はっきりするんだろうか」

「たぶん。わたしもいろいろ考えなくちゃならない時期に来てるってことかもしれません」

果穂は勤め出してからずっとファミリー向けの「アクア」でやってきた。店を持てるだけの資格も経験も積んだ。この先も人に使われるか、ちいさくとも自分の店を持つか。チャンスはそうたくさん巡っては来ない。

「いっぺん何から何まで自分の好みで店作りをしてみたいと思ったり、でもそうやって作った理想のお店に、理想の客層が集まるかどうかは別問題だと思ったり。弟もようやく落ち着いて、いつか自分のワインショップを持ちたいなんて言い出したもんだから親が泣いて喜んじゃいましてね。家を二世帯住宅に改築して店を出そうとか言い出す始末で。プライド捨てて便乗するのもなんだか後々面倒くさそうだしなあって。オーナーにはオールラウンドプレイヤーに育ててもらった恩義は感じつつ、まだ美容師として完全燃焼してない気もして。燃え残っているものをどうしようかなって感じです」

燃え残っているもの、か。父から譲ってもらった店舗をこれから自分の店として変えてゆくのだと思っていた矢先の、言葉にならぬ喪失感を思い出した。

「一から始めるって、大事なことかも。わたしたち、ってひとくくりにして悪いけど、若くないことが却って強みになっているところもあると思うのね」

どういう意味かと問われ「今までとこれからの折り合いがつけられるから」と答えた。口に出すまではっきりと言語化出来ていたわけではなかった。口に出してしまってから、自分の言葉に「なるほど」と思っている。白い息が薄くなって、やがて暖房が車内に行き渡った。

「始めるにしても、まるごと借金からのスタートなんですよね。独立って簡単に言ってもわたしにはスポンサーもいないし」

「スポンサーがいると、そっちの都合で簡単にお店がなくなっちゃうこともあるわけで。その踏ん張りって、やっぱり自分がおなか痛めたかどうかだと思うな」

「いつか言ってた、お父さんのお店を継いだときの話ですか」

「あれは――甘かったよね、いろいろ」

長いこと風に吹かれていたのだった。二十二歳でつまずいたまま、気持ちを置きっぱなしにして、風のような男と一緒に移動し続けていた。結婚をして子供を産んで、育てて巣立たせて、そこにさまざまな感情も幸福もあったはずなのに、通り過ぎてしまうとすべてが無声映画のひとこまだったような気がしてくる。声をどこかに置いてきたせいで、ひとつひとつあとから字幕をつけなければいけない。

その場に立ち止まって踏ん張る、ということをしてこなかった体は思いのほか軽かった。

「やらなかったことと、出来なかったことって、同じなかったことでもずいぶん違うなあって、いま思った」

「やって出来ないことはない、って言葉もありますよねえ」

借金か、と乾いた笑いを放る果穂は、口に出すことで波立つものを鎮めているようだ。燃え残ったものとの折り合いを、さあ自分はどうするのかと思うとき、微《かす》かだが智代の内側でやわらかな炎が揺れる。

燃え残りなんて、あるのか――

強く問えば何かを否定してしまいそうだ。炎の揺れで済めばいい。強く動いて消えてしまっては――ああ、と腑に落ちる。消えることも、あるいは消すことも、見えるところでは同じ結末だ。

自宅に戻ると、啓介が台所に立っていた。

二十八日が御用納めだった啓介は、翌日をのんびりと寝て過ごし、昨日と今日で年内の掃除と洗濯を済ませておくと言っていた。今年はふたりきりでの年越しとわかってから、年末年始もただ一日をまたぐだけの日になった。

「なにやってんの」

うがいと手洗いを済ませて台所を覗くと、啓介がプラスチック容器から皿へと刺身を移していた。傍らに二人から三人用と表示された洋風オードブルもある。

「なんか、それらしいことしようかなって。とりあえず一年終わったわけだし」

「去年までは子供たちに見せる儀式みたいなところがあったもんね」

なんてことのない今日と明日に、はっきりとした境界線を引かねばならなかった理由は、子供たちだった。

「ふたりだけとはいえ、まあいつもと違うってのも大事なことだよ」

何もしなくて済むと言い合っていた数日が啓介のひとことで消え、言葉どおりに何もしないでいた智代ひとりが取り残された。

皿に盛られてゆく刺身を見ていると、智代の脳裏をここ数年の年末年始の光景が通り過ぎていった。受験、就職試験、風邪、親子喧嘩、毎年なにかしら抱えての年越しだった気もする。憂さ晴らしに四人でカラオケボックスに繰り出した年もあった。そしてどの景色にも、自分たちは老いてゆく親の姿を入れてこなかった。

家の儀式や関わりに蓋をしてきた家庭の子供たちは、同じく儀式に関心の薄い子として育つ。今また、別段さびしくもないことを誰かに責められるのだろうか。改めて今日を眺めながら智代は「なるほど」と頷いた。蒔いた種の刈り取りというのは、こういうことなのだろう。実際さびしいのかどうかわからなくても、さびしいふりをしなければ周囲に納得してもらえない。

幸せそう、不幸そう、さびしそう、かわいそう、嬉しそう——それらしく見えるためにしてきたことと、そうではないことが胸の内側で分かれてゆく。年の暮れや正月がそうさせるのか、すれ違い通り過ぎてゆく人と人との関わりの正体がうっすらと見えた。

中トロがメインの刺身とオードブルと唐揚げと板付きかまぼこのスライス。ずいぶん張り込んだね、と言うと「まあね」と啓介の鼻の穴が膨らんだ。

どちらかが話さねばテレビの音しかしない家で、ふたりきりで迎える大晦日だった。充電器に差し込んだスマホが震えた。画面を見るとグループラインにオーナーから「よいお年を」のスタンプが送られてきていた。ついさっき、果穂が言っていた「撤退」が急に近くに感じられ、紅白のオープニング画面を見ながらぽつりと告げた。

「春にははっきりするらしいけど、スーパーから『アクア』が撤退するかもしれないって」

啓介が手元に引き寄せた缶ビールをテーブルに置いた。一曲目が流れる前に、乾杯のひとつもしようと思っていたところに、妙な沈黙がやってきた。

「どうしたの、一年お疲れさまの乾杯しようよ」

コップを持ち上げるも、啓介は缶ビールのプルタブを開けようとしない。

「八年、勤めたんだっけ」と問うてきた。

「そうだけど、まぁパートだったし、まだはっきりしてないみたいだし。そうなったらなったとき考えるから」

「変わりなく静かで平穏だと思えば、その裏側でいろんなものが動いてるってこと多いね。たいがい、見ようと思わないと見えないところで動いているのが厄介でさ」

啓介が大きなため息を吐《つ》いたあと、気を取り直したように立ち上がった。冷蔵庫を開けてルイボスティーのペットボトルを手にしている。ビールはどうするんだ、と思いながら夫が注ぎ入れるお茶を見た。

「とりあえず、刺身と生ものだけはやっつけちゃおう」

ビールは、と問うと「運転できないでしょう」と返ってくる。

「運転って、どこに行くの。初詣はひと眠りしてからにしようよ。いつも近所の神社でいいって言ってたじゃない」

「突然、気が向くってこともあるでしょう。年に一度くらい、ふたりでふらっとどこかに行こう」

こんなときだけ、大晦日が気になっている。年が変わるけど、と再度問うことも出来ず、啓介に急《せ》かされながら刺身と生ものを腹に収めた。晩酌なしの刺身はなにやらおかしい気もしたが、それよりも啓介が少し浮かれた気配を漂わせながらビールを冷蔵庫に戻している姿のほうが新鮮で、智代もその場に散らばる面白さをかき集める。

子供たちからも連絡はなく、お互いの実家に電話も入れていない。夫婦ふたり、静かな年越しの宴は一時間足らずで終わった。

洗い物を済ませる頃、テレビから流れてきたのは、今年大流行した一曲だった。

啓介が「久しぶりだよね、こういう売れ方するの」と言いながらセーターを着込んでいる。裏ボア付きのスラックスを穿《は》いているところを見れば本気らしい。窓辺にある暖房パネルの目盛りをひとつひとつ下げては確認する姿に、智代の手も早くなる。シャンプーで荒れた指先にハンドクリームをすり込む頃、啓介が除雪してくると言って外に出た。いよいよ本気だと、智代も急いでエコバッグに洗面道具を放り込む。とりあえず二日分の下着を詰めた。疲れて明日戻っても、それはそれで笑えるだろう。

車と家の前に積もった雪を除けて玄関に戻った啓介の、肩や背中に残る雪を払い落とす。来年に向かって全身の力を抜いて転がってゆくのもいいような気がしてくる。

「車暖めてるから。用意できたら行くよ」

「わかった。全身防寒下着で固めていく」

誰にも言わず大晦日の夜に家を空けるのだった。言葉にならぬスリルに満ちている。子供たちにも告げず、ふたりで姿を消すのだ。目的地も聞いていない。ふと懐かしい気持ちになって、その根を探した。グリップの利いたショートブーツに足を入れる際、啓介と所帯を持とうと決めたときに似ていることに気づいた。

大きな面倒から逃げるとき、妙な爽快感に包まれることがある。案外他人もそうかもしれないと納得できるようになったのは近年のことだった。

十分後、車は町はずれにあるインターチェンジへと入った。細かな雪がフロントガラスに集まっては散ってゆくのを眺めていると、別の世界に引きずり込まれそうな気がしてくる。雪道の下はアイスバーンだ。高速道路の入り口で、啓介が迷いない様子で道東を選んだのは意外だった。

「東に行くの?」

「一分でも、初日の出に近いほうが縁起がいいかなと思って」

「こんな雪道を走って、縁起もへったくれもないよ。最高に危ないのはわたしたちだ」

泊まるところも行き先もわからぬまま走り出したことが、今年の総仕上げなのだった。一日で十人のカットをした疲れもかすんでゆく。ここ数日腰痛に悩まされていたことを、いまさらのように思い出している。

「腰が痛いの忘れてた」

「ついでに俺のハゲも忘れてくれ」

　後頭部にもうひとつちいさな円が出来てると告げた際、啓介はこれ以上はどんなに増えても言わないでくれと言った。後頭部は、少し長めに切ってちいさな方を隠しているが、まだ病院へ行くかどうか迷っているらしい。

　東に向かって走っていると、ときどき対向車とすれ違う。大晦日の夜中にどこかへと向かう車の事情を、あれこれと想像してみる。急ぎたくても道はアイスバーンだ。どこでスリップをしてもおかしくない。後続車も、いたりいなかったり。智代はいったいこの先に何があるのだろうと期待する。そうした心もちのすぐ隣に、親の生き死に以外で雪道を走るとは思わずにいた毎日もうずくまっている。

　単調な真夜中の雪道に飽きる頃、啓介が雪の止んだ峠のパーキングエリアに車を停めた。外に出て、体を曲げ伸ばししている。智代も助手席から出て屈伸する。吐いたかたちどおりの白い息が、すぐに凍って重たい煙になる。

　バッグから小銭入れを取り出し、そこだけ煌々《こうこう》と明るい自販機へと走った。無糖コーヒー一本と、ミルクティーを一本。赤いボタンを押すと温かい缶が落ちてくる。振り向いて走り出した先に、スモールランプを灯した車が智代を待っていた。

　あの明かりがなければどこに向かって走ればいいのかわからなかったことに気づいて、足がすくんだ。一秒にも満たない、風の通り道を横切ったような気づきだった。

単調な冬の夜道に目が飽きたのか、少し眠った。目覚めると車は停車しており、運転席では啓介が背もたれを少し倒して腕を組んでいた。瞑《つぶ》った目がハンドル周りの明かりに浮かび上がる。夜明けまでにはまだ間がありそうだ。

ここがどこなのか車の外に目を凝らしてみる。道路脇のパーキングらしい。雪がないところをみると、もう道東に着いたようだ。ダッシュボードのデジタル表示は午前三時三十分。まだ夜明けまで時間がある。

運転席から軽いいびきが聞こえて、ときどき思い出したように震えるエンジンの音と重なり合った。大型トラックが国道を行き、その振動が伝わってくる。暗がりが訪れると音はいっそうしつこく耳に残った。

智代は防寒下着のタートルネックを耳の近くまで引き上げた。喉が渇いているが、流し込む水がない。車を停めた場所から見える範囲にはコンビニもなさそうだ。仕方なく、缶の底に残っていたミルクティーで口の中を湿らせた。

啓介が目を覚ました。

「啓ちゃん、ここどこなのか教えて」

白糠《しらぬか》、と短く返ってきた。喉が渇いたと告げる。啓介は倒していた背もたれを戻し、外に出て体を伸ばすと、寒いを連発しながら運転席に戻った。

「氷点下十度は確実だな。目が覚める。一時間くらい、寝たかな」

助手席から規則正しいいびきが聞こえてきて、自分も眠くなってきたので釧路の手前の街で車を停めたという。

「もう少し走るとコンビニがある。トイレ借りがてら、サンドイッチでも買おう」

ゆっくりと国道に出る。この先に、智代の生まれた街がある。居眠りをしているあいだに年を越しており、ずいぶん遠くまで来ていた。家を出るときの高揚感はほとんど醒めている。

「明けましておめでとうございます。今年もよろしく」

「こちらこそ、よろしく」

運転席と助手席で交わされる新年の挨拶は間が抜けており、口には出すものの、新しい年という気がまったくしない。

「やっぱり釧路でしたか」とつぶやいた。

「いい機会だと思ったんだよね」啓介もぼそりと返す。

「子育てにひと区切りついて、親が老いて、俺たちもくたびれて、って」

「それが、いい機会?」

「動くチャンスというか、前向きないいわけっていうと伝わりますかね」

啓介の言う「前向きないいわけ」とは、お互いの長男や長女といった縛りを肯定してみようか、という心の動きらしかった。「どうしてまた」と訊ねた智代に、啓介の返事は軽やかだ。

「そのほうが楽な時期にきたんじゃないかと思ったんだよね。蓋をしておいたあいだにあったいいことも、そうでないことも、ひっくるめて眺めるというかね。別段、無理なことをしようとは思わないけれど。今までの結び目をゆるめて、それぞれが楽になる方法もあるんじゃないかと思ったわけだ」

実家の両親と妹夫婦のあいだにあった親密さに頼りきって、長いこと救われ続けてきた。智代が表だって必要とされなかったことを、これ幸いとしてきたのだった。

「元旦にうちの実家に顔を出すことで、この先なにがどう変わるんだろう」

数秒の沈黙を経て啓介が「わからんけどね」と答えた。

コンビニで手洗いを借り、サンドイッチと水、コーヒーや菓子、飴《あめ》を買い込んだ。望むことにも上手く納得出来ないことにも、等しく時間は流れてゆき、ひとまず年は明けた。

釧路に着いて、啓介が最初に向かった先は海の近くの神社だった。初詣客が急な坂を上ってゆく。智代も啓介とふたり連れだって坂を上る。防寒パンツとダウンジャケットを着込んで歩く鳥居の先に、参拝客が列を作っていた。

しらじらと明けてゆく空へ、海風が上ってゆく。吹き上げる風に頬を切られながら、賽銭《さいせん》を放ったあと智代は何を願えばいいのか迷い、結局「家内安全」の四文字を繰り返した。

神社のほど近くにある高台の公園から、明けゆく空を見た。初日の出を、まさか故郷で迎えることになるとは思わなかった。智代は太陽とは逆の方角を見た。技術者のひとりとして切り盛りするはずだった店は、幾人かの持ち主と区画整理を経て今はコンビニになっている。広々とした駐車場のあのあたりに、鏡があって椅子があって、と考えることもどこか儀式めいている。考えても思っても、かなしくはない。延々と訪れないかなしみは、癒えない傷に似て、いつも湿っている。

車に戻り、手が温まったところで実家に電話を掛けることになった。元日の早朝から電話を掛けたことなどない。何を言えばいいのかと問うと、涼しい顔で「新年の挨拶でしょう」と返ってくる。

「最近さ、会いたくない人とか気まずい人がいるのが面倒になってきたかな。新年早々、老いの準備じゃないけど、するっと一歩踏み出すのも悪くないと思ったんだよね」

「それって、すべてこっちの都合じゃないの」

「誰かが恥をかかないと、なんにも前には進まないでしょう」

面倒だ、と口に出せないまま、実家に電話を掛けることになった。両親が住んでいる家は、かつて智代が育った場所ではない。父の懐が温かいときに買った中古の一軒家だ。老夫婦が維持するには大きすぎ、父の虚栄心に似たその家を智代はどうにも好きになれなかった。

暖まった助手席で、久しぶりに母の声を聞いた。乃理が言うようにボケた感じはしない。むしろ朗らかで調子がいい。

新年の挨拶のあと、釧路に来ていることを告げた。なぜ智代が釧路にいるのかについて、母から何も反応がなかった。智代はそこがまずおかしいということに、すぐには気づけなかった。

「挨拶に行きたいんだけど、朝も早いしどうかなと思って」

「いつでもおいでよ」

はっきりと乃理の言葉が脳裏をよぎったのは、父に電話を代わる際の母が、受話器を持ったまま言ったひとことだった。

「パパ、電話。誰かわかんないけど家に来たいって」

思わず啓介の顔を見た。

「どうした」

「今まで誰だかわかんないで話してたみたい」

母が愛想よく話していた相手はいったい誰だったのかと考えながら、母に忘れられたことが少しもかなしくないことに驚いている。

受話器を受け取った父が「失礼ですがどちらさまで」と訊ねるので改めて名乗る。なんだ、と口調がくだけて、それはそれで気が重い。再度同じ年頭の挨拶をする。

「車でこっちに来てるの。厳島《いつくしま》神社に初詣行ったところ。突然すみません」

父は「そうか」と言ったきり黙った。母の様子を訊ねてみる。

「ちょっと物忘れがひどくなってる。俺がしっかりしていれば大丈夫だ。年寄りふたりだから正月ったってなんもないけど、せっかくこっちに来たなら寄っていけばいいだろう」

年始の挨拶ということで実家に寄ることになったはいいが、少しも晴れた心もちにはならない。歓迎されないのは薄々気づいていたにせよ、父の「寄っていけばいいだろう」と啓介の言う「一歩踏み出した老いの準備」がうまくかみ合わない。五十が目の前でもそうでなくても、親と会うのが気詰まりなのはこの先も変わらないに違いなかった。

啓介に、あんまり歓迎されてはいないようだと告げると、仕方ないよと返ってきた。昨夜からの展開が面白かったのは、家を出てから数時間の、峠を越えるまでの間だった。

参拝を終えた初詣客が次々と駐車場から出て行く。智代は暖まりかけた車の中から出たくない。

「ねぇ、わたしたちの一歩踏み出した老いの準備って、いったいなんなの」

智代の問いには答えず、啓介が車を出した。神社から両親が住む家まで、ものの五分とかからぬ距離だ。朝八時に実家を訪ねる不思議と、今日が元日という驚きに訪問の意味を重ねてみる。

門柱の前まで来ても、まだうまい答えが見つからなかった。

父が最後に商売をしていたのが、川沿いのラブホテルだった。中古のホテルを買い叩き、十年ほど営業したところで売ったと聞いた。現在はなんとか手放さずに残した賃貸マンションの収入に頼っている。今までやってきたことを思えば、儲かりも損もしなかったならよしというところだ。

母は若い頃の恰幅の良さからは想像もつかないほど痩《や》せていた。丸い顔立ちはそのままなので、下がった頬や白髪や脚の細さが母をいっそう高齢に見せる。

智代が言葉をなくしているあいだに、啓介は新年の挨拶をして父の淹《い》れたお茶をすすっている。普段の生活から想像もつかない元旦は、外から見ればごく普通の正月風景でしかない。

なんでも見る角度を変えれば普通になり得るのだと気づいて、余計にふさわしい言葉が思いつかなくなる。

すっかりちいさくなってしまった母とは対照的に、父は入れ歯で話しづらそうなこと以外は三年前よりも若返っているような印象だ。

「こっちに来るのも家に寄るのも、珍しいことだな。元気そうで何よりだ」

「お義父さん、ご無沙汰してすみませんでした」

「元旦から詫びると一年ずっと詫びなきゃいかん。お互い元気ってことでいいだろう」

電話での印象を拭い去るくらい快闊《かいかつ》な声だった。突然訪ねてきた理由をまだ訊かれていない。父は金にまつわる今までの失敗を、智代はその父を避けての二十数年を、それぞれ脇に抱えながら微笑んでいる。

お互いに触れられたくない問題に蓋をしての時間は、それぞれが同じ武器を持っているのに近い。平坦で平和で平穏だ。

両親が生活空間にしている部屋は、茶の間というよりは、使いみちを間違ったバーかサロンのようだった。湾曲したミニサイズのバーカウンターの背には障子風の引き戸があり、その向こうには台所がある。三十人くらいなら立食パーティーでも出来そうな造りだ。

この無駄に満ちた空間が、ここで暮らしている父の生きてきたかたちそのままであるような気がして、居心地は更に悪くなる。

初めてここにきたとき父が言ったのが「このくらいの家なら住んでやってもいいなと思っ

た」だ。娘相手ならどんな虚言も罪にはならない。そんなことを本気で思っているような父を哀れむようになったのは最近になってからだろう。

子供たちがちいさい頃は連れて帰るのも嫌で仕方のなかった実家も、それぞれがただの夫婦になってみれば、他人の家庭に等しい。孫をあいだに挟んでいないせいなのか、程よい他人行儀が呼吸を楽にしてくれる。

「子供としての責任」という言葉を更に棚上げしてもいいのかと思ったところで、父が「おい」と母を指差した。

「お前さっきからもぞもぞ落ち着きがないな。またしょんべん行きたいのと違うか」

咄嗟《とっさ》のことに智代は背中が反り、啓介の頬から作り笑いも消えた。指を差された母はハッとした表情で「うん」と頷き、こそこそとした仕草でドアの向こうへ消える。

母のいない茶の間では、父も妙に黙り込む。啓介だけが話の糸口を探して「豪勢な家だなぁ」などと言ってはしらけた気配に塩をすり込んでいた。

智代は母が消えたドアのあたりを見た。小用も指摘されなければわからない、これが老いた母に課された病《やまい》なのか。「アクア」の客層に多い四十代五十代の女性が口々に言う「親の介護」が現実的な気配を帯びてくる。

父の放蕩に悩んだ末、幼い娘たちを置いて新興宗教に走った頃の母が、また遠いところへ行ってしまった。

誰かに気に入られ助けて欲しかった母に、更に気に入られたかった娘たちがしたことは、母を真似ての読経だった。母が自分と娘の恥ずかしい過去も一緒に忘れてくれるのならありがたい。宗教に入れ込み朝も夕も休日も道場へ通い通しだった母に、離婚を突きつけた父もまた遠い。

あの日まだ学校に上がっていないという理由で、母は妹の乃理を選んだ。どちらについて行くのかと問われたときに、選べる自分にも嫌気がさして「どっちにもつかない」と答えた。そんなやりとりを二度三度繰り返し、娘たちには明かされない理由で、夫婦は離婚を思いとどまった。その後一年も経たぬうちに母の宗教熱が収まったことを思えば、離婚しなくて正解だったのだろう。

父が両手で膝を叩き「よし」とその場の空気を入れ換える。智代が家にいた頃から変わらない仕草だった。

「お前たち、今日は泊まって行くんだろう。ビールくらい飲め」

部屋に戻ってきた母が智代と啓介を見て一瞬驚いた表情をした。今度は娘夫婦がやってきていることを忘れていたらしい。忘れてしまっていたことを隠そうとでもするように、照れた笑顔になる。おおよそ智代が見たことのない、屈託のない表情だった。彼女には「今」しかなくなっており、新年とともに現れたのは彼女の記憶から去ろうとする「過去」と娘だ。

ソファーで横に座っている啓介から、智代にしかわからぬ気配で迷いが伝わって来る。

「突然来て悪いですよ」

「今さら悪いもへったくれもないだろう。たいしたもてなしも出来ないが、一晩くらい泊まっていけ」

智代は仕方なく立ち上がり、母と一緒に台所へと向かった。あるもので何かつまみでも作ろうと思ってのことだった。驚くほど食材のない台所と冷蔵庫に驚きながら、台所で母が泣いているという乃理の言葉を思い出した。

「土産のひとつも持ってこないで、泊まることになって、ごめんね」

「うちはどなたでも大歓迎。年寄りふたりのつまんない暮らしだから」

真っ白い藁《わら》に似た頭髪と長くこめかみにまで描かれた茶色い眉毛だけが変わらない。しみと皺《しわ》だらけの顔を間近で見たとき、ここに来たのは間違いではなかったかと思い始めた。

「コンビニくらいしか開いてないかもしれないけど、何か買ってくるね」

ふたりの会話が聞こえていたのかどうか、すぐそばにのっそりと父が立っている。茶の間に行きなさい、と言われた母は、子供みたいに半分スキップしながら台所から出て行った。

「食い物は、一日分ずつしか置いておけない。残り物なんかあったら、俺が寝てるあいだにぜんぶ食ってしまうんだ」

驚くほど血糖値が上がって、おかしいということで「喰いボケ」と判明したのだった。あれば食べてしまうので、朝のサラダとヨーグルトのあとに当日食べるものを用意する毎日なのだと父が言う。

「年末に、乃理から電話があって。ちょっと大変だって聞いたもんだから。昨夜急に思い立って、車を出したの。初日の出を見て初詣に行って、電話掛けた」

それ以上何を言っても聞いても、いいわけになりそうだ。父は啓介の前では多少の見栄もあったのか、急に縮んだふうにも見える。

「昨日まで仕事してたのか。床屋のパートに出てるって言ってたか」

「美容室のカット要員。もう、八年になる」

若い頃は一本も乱れることなくしっかりとなでつけていた父の髪が、真っ白い坊主頭になっている。道具は何を使っているのかと問われ、流行りのカットバサミだと答えた。

「今どきのハサミがどうだか知らんが、道具の手入れだけはしっかりしないと、自分の手を切っちまうぞ」

「おかげさまで、パート先で自分のハサミを研げる人には会ったことない」

自嘲気味の笑いがこぼれ落ちてくる。競技会の鬼と呼ばれていた頃の面影はない。剃刀《かみそり》とハサミの使い方も手入れの仕方も、人間の頭の重みも洗い方もブローの方法も、技術の詰めはみな父に教わったことだった。どこに行っても恥ずかしい思いをしたことはないのに——なぜこんなにわだかまっているんだろう。

父は競技会ではもう後進に道を譲れという忠告を三年無視して、トロフィーが手に入らなくなったところで引退した。あのとき彼は自分のことを無様《ぶざま》だと言った。無様というのなら、自分も同じだ。智代は喉の奥にあった小骨が落ちてゆく感覚に襲われながら、訊ねた。

「お母さん、ひとりで面倒みられる？」

「まだ大丈夫だ。年明けから週に一回、なんとかサービスっていうのがあるらしい。そんときだけは、俺も昼寝とパチンコが出来るそうだ」

一拍おいて、結局あれから一度も店を持たなかったのかと問われ、頷いた。店を持たなかったことが自分の選択だったところに心が落ち着いていた。

まさか流しのパートをさせるようになるとは思わなかった、と父が言う。悔いも虚栄心もはるか遠くに置き忘れてきたような低い声だった。

「それはわたしが選んだことだし」

わだかまりがなかったわけじゃないけど、という言葉を飲み込んだ。

食材は父が買いに行くという。母があまりカロリーの高いものは食べられないからだと聞いて、今は台所が父の居場所だと気づいた。

元旦――実家で両親と過ごす時間がいったいいつ以来だったのか思い出せない。父がビールと一緒に買ってきたのは、コンビニの野菜サラダと海藻ミックスとレタスと温泉卵、豆腐とおでんと巻き寿司だった。娘夫婦には巻き寿司を勧めながら、母には海藻と野菜サラダとおでんのこんにゃくを食べるようにと言う。

土地を買うたびにレジャー施設建設を夢みていた男に訪れた日常だった。

父が母の箸からぽろりとこぼれたレタスを拾う。母が皿に戻ってきたレタスを口に運ぶ。母が啓介にビールは美味しいかと訊ねる。啓介がうまいですと答える。

昨夜から一歩踏み出して得られた時間はなんの変哲もない親子二代の風景なのだが、この一瞬を手に入れるために歩いた回り道のことを考えると、智代の心もちは少し乱れる。親も自分も、もう若くはないという諦めが、明日をほんのりと明るくすることがあるのだった。

娘ふたりの心配をよそに、世話にはならないと言い張る父を、世間体や常識で縛ることは出来そうもない。常識を説いてどうにかなるのなら、それは父ではないだろう。

冬の太陽が茶の間へと差し込み、運転疲れと昼酒のまわりの早さで「すみません」とひとこと言ったきり啓介がソファーに崩れた。母が少女のような笑顔で啓介に毛布を掛ける。テーブルに残ったものがあると、あとで大変だからと、父が残ったものを口に運んでいる。智代も、巻き寿司の残りを口に入れた。

眠気をどうにかしようと、使った食器をまとめ出すと、それは母の仕事だという。この家の流儀に従おうと台所には口を出さぬことに決めた。ここは、実家であって実家ではない。智代が育った家は父が借金で転ぶたびに変わった。

台所から戻った母が、防寒着を羽織った。父がどこへ行くのかと訊ねると「雑草抜きに行かなくちゃ」と返ってきた。

「おかあちゃん、今日くらい休め。外は寒いから、雑草もそんなに伸びんから」

それなら、二階の部屋を掃除してくるという。季節を忘れた母の庭には、真冬でも緑があるらしい。父は頷いて、ふたりの布団出すときは重たいから呼びなさいと言った。手伝おうと腰を浮かしかけた智代に、父は「お前はここにいなさい」と言って茶の間から出て行った。

智代は窓辺に立った。もう一軒家が建ちそうな広い庭にあるのは、松の木が五本と一面の枯れ芝だ。花も彩りもない庭は、どことなく智代の胸に広がる、かつての家族の景色に似ていた。

父がミカン箱大の段ボールを持って茶の間に戻ってきた。

「これ、持って行け」

足下に置かれた段ボールを開けてみた。修業時代から使っていたひげそり用の剃刀、手入れの行き届いたハサミ、使いやすく溝のひとつひとつにヤスリをかけた櫛がそれぞれ黒いベルベットのケースに収まり、好事家《こうずか》のコレクションを見るようだ。

智代は幼い頃、父を正面から見た記憶がなかった。朝から夜中まで刃物を研ぎ、日中の客仕事は仏頂面で、ほとんどの時間は一攫千金を夢みて過ごしていた。刃物を研いでいる時間が息抜きだったというのなら、どうして床屋に——

問いは声にならず、智代はただ道具一式を眺め続けた。父はいま、この道具を自在に操っていた手で母のためにサラダを作る。常にその日その日が父の人生の答えであったと思うのは、智代の感傷だろう。

「俺は、最近まで何かでかいことやろうと思いながら生きてきたし、出来ると思ってた」

けれどそれも、母の物忘れがひどくなってきたところで区切りをつけなくてはいけなくなったのだった。娘を頼らずともやっていけることを、娘ふたりに主張することが、父の自尊心の落ち着き先になった。

「こんな古くさい道具と笑うかもしれんが、俺はいつかこの道具でレジャー施設の隅っこにカットサロンを——」

智代は最後まで聞かずに「ありがとう」と短く礼を言った。

「刃物を持っている時間は、俺よりお前のほうが長くなったんだなあ」

「行く先々でいちばん役に立ったのが床屋の腕だった。子供たちの頭も亭主の頭も、わたしがやってた。流行のカットは雑誌を見ればわかるし、なんとかなるよ。十年前は激安店もなかったしね」

「あれはいったいなんなんだ。泣きながら覚えた床屋の腕ってのを根っこから馬鹿にしてるよなあ」

その激安店には智代くらいの年代の職人ばかりがパートで勤めている現実を、知っているのかいないのか、父はしきりに嘆いた。

ふたりで大丈夫か、という言葉に傷ついた父の自尊心について、妹に説明するのは難儀だった。そして、その後に発すべき問いを口に出せない自分と啓介に対しても、父の自尊心は頼ることを許さないのだろう。

父が自分の後頭部を指さして「気づいてんのか」と問うた。

「このひとの頭、わたしがやってるもん」

「うまいもん食わせてやれ」

二階に行って布団を出してやらなけりゃと、父は慌てた様子で階段を上がって行った。

翌日も、道東は耳が切れそうな風が吹き、そのせいで空は絵の具のような青を広げていた。

帰りの車の中、帯広を通りかかったところで啓介が言った。

「うちの実家、このあいだ弟が嫁さんもらったそうだ」

咄嗟に、啓介の年から三歳引いた。嫁が来たという事実より、義弟の年齢が五十六だったことに驚いている。

「墓を守る孫の顔を見ないと、死んでも死にきれないようなことを言ったらしい。うちの子たちは期待出来ないと思ったんだろう。あれもひとつの老化現象かな」

「孫って、いったいいくつのお嫁さんなの」

「二十八だって。孫を産ませるために孫みたいな年の子を嫁にするのかって、もう少しで口から出そうになったな。農協の窓口にいた子を、うちの母親が口説き落としたらしい。バツイチだから大丈夫だろうって、いったいどういう意味だろうな。うちのほうは、まだそんなことやってますよ」

老親にそんな決意をさせた焦りと、言われたことをそのまま飲み込む義弟の姿を思った。もしかしたら、智代の実家に行っている場合ではなかったのかもしれない。おそるおそる、寄らなくていいのかと問うてみた。今なら左に折れれば実家に向かう道に入る。

「寄ってどうするの。お嫁さんの顔を見に来ましたって言うわけ」

「二十八ねぇ」

うらやましいかどうか訊ねてみたいが、ほんの少しの惨《みじ》めさがそれを引き留める。彼の実家でとぐろを巻いていた問題が智代の内側で再びゆるゆると動き始めた。義父母が孫を欲しがる理由を考える。ちいさな村は、おおよそ当人たちも気づいていない虚栄心によって長々と自治を続けている。

出会ったころ啓介が、村で生きられるかどうかは、集落で一番を目指していけるかどうかにかかっているのだと言っていた。村一番、というところに目標を持てない人間から脱落してゆくものだと聞いた。

父が毎年すがりつくようにしていた競技会のトロフィーも、サイドビジネスにしては大きすぎる夢も、父なりの「村一番」だったのだろう。

「村で一番年齢差のある新婚さんってことだ。次の人もがんばるね、きっと」

まだ峠の手前だった。智代は再度、寄って行こうと啓介を誘う。

「寝た子を起こす必要はないんだよ。釧路は、今回行くことが必要だったんだ。うちのほうは、親と弟夫婦で今のところうまいこと丸まってる。問題のないところに行って、興味本位で波風立てるのは良くないよ」

言われてみればまっとうだったが、それを今日まで言わなかったことが気にかかる。

「この冬は、お互いいろいろあるねえ」

年をまたいでしまうと、さまざまなことが終わりから始まりへと変わっていた。結局、終わりなどというものは生きている限りないのだろうと考えて、智代も心が流れる先を探し始める。義弟に嫁いだ若い嫁が、無事に義父母の孫を産むことを祈りながら、しかしその裏側で義母の失策を見てみたい気もしているのだった。

目の前のことに常に善い人でいることの難しさを思いながら、さて啓介はどうだろうと運転席の横顔を見る。正月早々、髭《ひげ》でざらついた顔で実家へ行くのは、啓介でなくても避けたいところだろう。

声に出さず「二十八歳」を胸の内側で上げ下げすると、自分がその年齢だった頃の、幼い子供を抱えての毎日を思い出した。あれで良かったのだと思ったり、良かったのだろうかと思ったり、この先自分の前に現れる「思いがけないこと」がどんなかたちをしているのか、ほんの少しの悲観的な想像を止められない。

孫くらいの年齢の嫁に跡取りを産ませることが夫の実家の悲願となったなら、そこから先は家族総出の障害物競走だ。智代の薄暗い想像が、まだ見ぬ二十八歳の嫁に重なる。不思議なことに、会っていないことで彼女の輪郭はとてもはっきりとしていた。

「けっこうな苦労人だったりして」

啓介がなんのことかと問うた。お嫁さん、と答える。

「大きな人生の選択だと思うもん、どこで誰の子供を産むのかって。そもそも出来るかどうかの確約なんてないわけで」

村全体から好奇の目で見られることを承知の上での決断なら、この世には情だけではどうにもならないことがあるのを知っている人ではないかと思えてくる。かすかな希望を交ぜて言ってみる。

「案外、ものすごくドライとかさ」

「だとありがたいね」

盆暮れ正月にかかわらず、父は母のためのカロリー計算を続け、母はいつも腹を空かせて過ごす。忘れているのは食べたことばかりではなく、子供が住んでいる土地だったりもする。今朝は、乃理はまだ独身で、札幌の住宅メーカーに勤めていることになっていた。

母の歴史は、彼女が覚えていることのなかにだけ存在していて、父にも娘たちにもわからない。

母はこの先、誰と共有することも叶わない別の物語を持ってこの世をまっとうするのだろう。ふと、はっきりとは言葉にならないものの、それはもしかしたらとても喜ばしいことではないのかという思いが浮かんだ。

峠を下りると、新たに降った雪が沿道をいっそう白く染めている。日の光に反射して目が痛くなる。

ふたりを単位にして始まった家族は、子供を産んで巣立ちを迎え、またふたりに戻る。そして、最後はひとりになって記憶も散り、家族としての役割を終える。人の世は伸びては縮む蛇腹のようだ。

「啓ちゃんに、うまいもん食べさせてやれって」

啓介がどうしたんだいきなり、と問う。父がそう言っていたのだと告げる。

「もともと床屋だからさ。頭のことはよく気づくの」

数秒の沈黙のあと、雪道に放るような軽さで啓介が返す。

「俺ね、毛の抜けたところから、いろんなものが抜けてっちゃった気がするんだ」

「いろんなものって？」

「やる気とか元気とかやりがいとか、今まで毎日頼りにしてきた、かたちにならない色んなもの」

防風林のあいだから差してくる日の光が眩《まぶ》しくて目を瞑る。智代は夫のつぶやきにどう反応すればいいのかわからず、対向車を五台やりすごした。

次第に、啓介が急に老い支度を始めた理由が防風林のあいだから透けて見えてきた。ふたりになって、いつかひとりになるまでの、いま自分たちは長い道の上にいるのだ。

「啓ちゃんは、この先なにがしたい？」

「わかんない。だから困ってんじゃないかな」

逆に、あなたはどうしたいのだと智代が訊ねられても、上手い言葉は見つからない。

「じゃあ、一緒に探そうか」

肯定なのか拒絶なのかわからぬ「そうだなあ」が返ってくる。寄せては返す波も、そのたびに大きさが違う。予測のつかない明日を抱えて、いったいこの先どのくらいの時間を生きてゆくのかもわからなかった。

やがて母の記憶から父さえも薄れるときがくる。

母の一生のなかで父が少しずつ死んでゆく。

無邪気な天使になってゆく母と、少しずつ死んでゆく父と、そのことをただ見ていることしか出来ない娘たちがいる。

「家族って、いったいなんの単位なんだろう。よくわかんなくなってきた」

「俺は、子供たちがいるから嫌でも仕事に行かなきゃって思ってたな。空の巣は俺だったかもなあ」

「ここにいたか」

「ここにいました」

ふたりのあいだの笑いが、どんどん乾いてゆく。からりと一滴の湿り気もなくなるまで、笑って過ごしていたい。

後部座席に置いた理髪道具一式は、形見にするにはまだ早く、励みにするには遅すぎる。それでも智代に何かを促し気づかせようとしていることに変わりなく、一歩踏み出すのならもう時間はあまり残されていないと急かしてくる。

カットサロン「アクア」の店内をぐるりと思い浮かべた。限られたフロアで出来ることのすべてを頭の中に箇条書きする。

カットサロン、千円エステ、ヘッドスパ、毛髪相談——いまここで出来ないことを数えるのは、ただのいいわけだ。

「わたしもう少しで五十になる。何か始めたいと思うのって、ただの焦りかな」

「何を始めたいのかによると思うけど」

「お店」

「なんの」

「カットサロン」

長い沈黙は二時間近く、家に着くあたりまで続いた。

「いきなり雪かきか」

二日留守にしていただけで、二十センチ雪嵩が増している。これから二か月のあいだびっしり降り続け、まるで「飽きた」というように三月の声を聞いたところで溶け始める。毎年同じことを繰り返しているようで、けれど同じ景色は二度とない。

家に着き、啓介は真っ先に駐車スペースの除雪を始めた。緩やかなスロープをつけながら、雪山がどんどん高くなってゆく。啓介の内側に積もり続けるむなしさも、いつか溶ける日がくるだろうか。

啓介がひとつ大きな伸びをして真白い息を吐いた。

その名を呼ぶ。疲れとまぶしさで充血した赤い目がこちらを向いた。

「終わったら、なんか美味しいもん食べよう」

啓介が「ああ」と頷き、再び除雪道具に手をかけた。

第二章　陽紅

そりゃぁ、お前——聖子《せいこ》が口をめいっぱい開いた。

「いい条件じゃない。八十過ぎの親と初婚の五十五歳なんてさ」

陽紅《ようこ》が口に運ぶ牛肉は、その八十過ぎの母親が農協の窓口まで持ってきてくれたものだ。贅沢にも十勝牛のすき焼きを食べながら、彼女が三日に一度頭を下げにやってくる縁談の報告をしている。牛肉は驚くほど旨いが、結婚話はけっこう塩辛い。

「五十五って、お母さんと同い年じゃない」

片野《かたの》うた子は窓口での応対が気に入ったといって、来るたびに嫁に来てくれ、と陽紅を口説く。彼女の足腰は長年の畑仕事と牛舎での酷使に歪んでいるが、離農した今はちいさなビニールハウスでの野菜作りと散歩が趣味だという。

「息子ってのも、そうひどい顔でもないんだろう？」

「ガソリンスタンドで給油のときに会ったりはするけど。なんか、ひとのいいおじさんって感じ。すごくいい男はもうこりごりだけど——五十五歳は」

ないわ、と言いかけたところを聖子が「ありだね」と追ってくる。

陽紅が最初の結婚をしたのは二十二のときだ。高校を卒業してすぐに勤めた札幌のパン屋で、毎日ジョギングのあと必ずフランスパンを買って帰る男だった。日中にジョギングできるような仕事をしている二枚目、というだけでどこからともなく「ホスト」だろうとの噂が立ち、パン屋の中ではみな諦めの気配が漂っていた。男はホストではなかったが、狸小路《たぬきこうじ》で輸入物のバッグや雑貨を扱う店を経営しており、客の多くが水商売の男女だった。一歩踏み出し近づいた陽紅の若さが幸いして結婚したものの、すぐに新しい女が現れ一年で別れた。

あのときも、聖子は「好みの顔には好みの性分がついてくるもんだ。職業に貴賤《きせん》なし」と言って娘の背中を押した。帯広の繁華街でスナックを経営している母を、別段恥ずかしいと思ったことはない。世間の目を気にしないのは、聖子の生き方だ。前向きとは聖子のためにあるような言葉だった。

「結婚は、できるなら何度でもしたらいいのさ。いろんなものが見られて面白いじゃないか。だいたい離婚してから四年もひとりでいるなんて、花の二十代をドブに捨ててるようなもんだよ。五十五だろうが八十だろうが、今度は向こう様がお前を気に入ってるんだから、するっと嫁に行ってみたらいいんだよ。嫌なら別れる。一回も二回もたいして変わらないし、こういうことは三回目からは楽になっちゃうもんよ」

そういう聖子は五回の結婚と離婚を経ており、三回目の結婚は初回の相手と同じだった。家の中にあった食器のおおかたを割って出て行った陽紅の父親が今どこにいるのか、風の便りもないままだ。五回ともしっかり籍を入れるところが聖子らしさなのだが、最短一年最長五年しか使われなかった名字がときどき混乱するので困る。この上また名字を変えるのかと、結婚以前の煩《わずら》わしさが過《よぎ》ってゆく。

「だからってお母さんみたいに、最初から別れることを前提にして結婚なんか出来ないってば」

陽紅の言葉にひとつ大きく頷き、聖子は小鉢に新たな卵を割り入れ、ますます機嫌よくしゃべり始めた。

「馬鹿だねぇピンク。世の中には焼け太りってのがあるんだよ。結婚にいちばん大事なのは条件だろう。もう一回言うよ。八十過ぎの親ふたり、いくら元気と言ったってせいぜいあと十年だ。嫁に来てさえくれれば介護はさせないって本人たちが言ってるんだろう」

「お母さん、お願いだからその名前で呼ぶのやめて」

母親に「ピンク」と呼ばれると背筋から脇腹にかけて氷が滑るような冷たい汗が出る。当時、聖子は自分が店で歌う『ピンクのモーツァルト』を聴きに来る客が多かったというだけで、生まれた娘に「陽紅」と書いてピンクと読ませたのだった。この名はちょっと可笑《おか》しいようだ、と気づいたのが小学校に上がってからだ。母の五回目の結婚で一度帯広を離れたのを機に、陽紅は自ら「ようこ」と名乗った。母には今後一切「ピンク」と呼ばないで欲しいと告げたが、ときどきこうしてぽろりとこぼれ落ちてくる。

「悪い悪い。戸籍にふりがながふってないのは良かったねぇ。わたしにとっちゃ、ピンクはピンクなんだけど。まぁ、ようこも悪くないか」

住民票には、札幌で暮らし始めた時に「ようこ」とふりがなをふった。

ふと縁談の相手の年が母と同じだということを思い返して、ふるりと肩先が震えた。電波時計の温度表示を見る。三月も終わりに近づき、通りから響いてくるのは雪解け水の跳ねる音だ。八時になったら聖子は店へ向かうという。今日は旨い肉にビールも回って気分よく仕事が出来そうだと笑った。

母がひとりで暮らすアパートは、単身者用のワンルームだった。ベッドも家電もついた部屋は、その日から暮らし始められるし、出てゆくときも身ひとつで便利なのだという。広い家に住む商売人や医者の妻だったこともある女が、五十代の半ばになってひとりで暮らす部屋がコックピットのようなワンルームなのだった。住む場所と貴金属には少しも興味がないという母の、唯一の道楽がカラオケだ。数年、止まり木のように専業主婦になっては、また舞い戻る場所が自身の経営する「歌声スナック」で、店を選ぶ際も、カラオケ設備が万全な物件からあたる。安定した暮らしを探し求めて、帯広から車で一時間の町にある農協に勤めている陽紅とは、生きることの目的が根本から違う。

すき焼きの締めとして、肉の旨味がついた玉子にご飯を入れてかき混ぜる聖子の姿はいつもながら生命力に溢《あふ》れている。この母に「やってみればいいじゃない」と言われると、なにやら複雑な気配の漂う縁談も「ものは試し」に思えてくるから不思議だった。

焼け太りか――

つぶやく声に聖子がすかさず反応する。

「そう、焼け太り。若かろうが年を取っていようが、男はそんなに変わらない。嫌いじゃなければ暮らすことは出来る」

「じゃあなんでお母さんは何度も繰り返したわけ」

口をついて出た言葉に陽紅自身も驚いていた。今の今まで母にこの問いを投げかけたことがなかったのだった。聖子は自慢のカラオケでこぶしをきかせすぎて出来たという眉間の皺を深くして「もっと太りたかったんだよ」とつぶやいた。その口ぶりが可笑しくて、思わず声をあげて笑った。

「そこまで笑うことはないじゃないの。結婚するときも別れるときも、わたしは本気だったんだから。さぁここから楽しい毎日が始まるぞって思ってるときに、男のほうがひとりで先に落ち着いちゃって、わたしは置いてきぼり。足並みが揃わないの。そんなのつまんないじゃない。みんなわたしに一体なにを期待して、いい加減に落ち着けなんて言ったんだろう」

お店を辞めたら寂しいだろうからと自宅にカラオケルームを作ってくれた男もいたし、わざわざ仕事を辞めなくてもいいと言ってくれた人もいた。みんな陽紅をかわいがってくれた良い父ではあったけれど、数年で当の聖子が「別れちゃおうかな」と切り出すのだった。金だけ受け取り、子供の手を引いて出てゆこうとする女を「君はそれでいいけれど陽紅ちゃんはどうする」と言って泣きながら引き留める人もいた。けれどそんな人に限って母は三年保たないのだ。悩む時間を飛ばして次へ走り出す母に付き合っているうちに、陽紅は反抗期を逃した。

手早く洗い物を済ませるところは昔と変わらない。聖子はさっさとテーブルをたたみ、帰ってから寝る場所を作っている。聖子は、スナックのママと言っても誰も信じそうもない、ユニクロで固めた服装と生えるにまかせた肩までの白髪頭でお店に出る。そして、いつの間にか店にはそんな聖子を気に入った客が集うようになる。

母を真似てではないが、陽紅もまた流行の服や化粧、貴金属には興味がない。顔もおそらくは十人並みだろう。自覚はあってもどうにかしようとは思わずやってきた。今のところ悔いがあるとすれば、あのまま札幌のパン屋で働いていたら少しは腕のいい職人になれただろうか、ということだった。結婚離婚とたたみかけるように訪れた分かれ道で再び母の近くへ戻り、バイト生活を経て、当時母の交際相手だった男のつてで農協の窓口におさまったのだった。

「夢だったパン屋さんから、どんどん遠くなって行くなぁ」

「まだそんなことを言ってるのかい。パン屋になりたいなら、農協の口を断れば良かっただろう。堅い仕事だとかなんとか言って飛びついたくせに」

結婚には条件を求める母も、仕事には好きと嫌いしかないのだと言い切る。このすがすがしいまでの割り切りが母をよりいっそうつよくする。ため息をひとつ吐いたところで、聖子が人差し指を立てて「いいこと思いついた」と高い声を出した。

「先方は、よほどのことがない限り生活は安泰。おまけに息子はガソリンスタンドで月給取り。下《しも》の世話は絶対にさせないし、家は別にしてもいいとまで言ってるんだろう」

「三日にいっぺん窓口でその話ばっかり。だんだん職場に居づらくなってきてる」

窓口業務に支障が出始めていた。最近は「条件をつり上げるのは楽しい？」といった同僚の嫌味も聞かなくなった。直属の上司もいつの間にかこの縁談をまとめる方向に決めたようだ。体《てい》のいい追い出しにかかっているのが透けて見える。結婚するにしても破談になるにしても、見初《みそ》められただけで職場に居づらくなるというのは予想外のことだった。

「請われて嫁になってみるのも経験さ。やっぱり駄目だと思ったら、もらうもんもらって別れなさい。お前は若い。やり直しがきくうちに結婚でもなんでもやっておきなさいよ」

聖子に背中を押されると、一瞬それでいいような気持ちになる。けれど自分は聖子ではない。心を痛めずに老夫婦と父親のような年齢の男をあっさり捨てられるだろうか。そもそも、いつか捨てることを前提にしての結婚など出来るものだろうか。

ここで母に、生活費とは別に月々十万円の小遣いまで提示されていることを話したら、明日にでも嫁に行けと言いそうだった。金品と条件に釣られて嫁に行く先が、五十五の初婚男でも、正妻という名の愛人生活だと考えると凸凹の多いパズルがぴたりとはまる。

身の回りにあるものすべてを最小限にして生きている女にとって、怖いものとは何だろう。聖子なら、商売が駄目になっても次の店を探す。五十を過ぎた頃よく「この年にはこの年の需要ってのがあるんだよ」と言っていた。それもつよがりではなく響くところが彼女のつよさだ。しなやかといえば聞こえはいいが、ある種のしぶとさが夜の街から彼女を離さない。

「とにかく、先方が両家の挨拶をって言ってきたときは、ちゃんと筋を通しなさいね。わたしはいつでも大丈夫。あとはお前の覚悟次第。ああ楽しみだ」

店に出る聖子を軽四輪の助手席から降ろして、陽紅は一時間かかる人口約三千人の隣町へと夜道を走った。月がアスファルトを照らしていた。防風林の葉に月の光が注いで、発光しているように見える。ライトを消しても走ることが出来そうな、十勝の直線道路だ。平野を覆う空はいつも、広すぎて却って心細いほどだった。

春の月はもっと霞《かす》んでいてもいいはずだと思いながら、車内に流れる曲を聴いた。悲しみの果てに、と歌う声が、元夫によく似ている。ほんの少しかすれていて、ときどき妙に色っぽい。結婚も離婚も、陽紅が決めた。男はその程度の傷を別段なんとも思わないようだった。まだ狸小路の店は続いているらしく、宣伝を兼ねたブログで沖縄旅行や台湾、ソウルでの観光写真をアップして画面の中で微笑んでいた。

――別に、いいよ別れても。俺はたぶんずっとこんな調子だと思うから。

――結婚してるからとか家庭があるからとか、考えることはないの？

――ないよ、そんなの。あったら俺じゃないよ。

だったらどうして結婚したのかと問うた陽紅に、男は当惑したような表情で「したいって言ったのお前じゃん」と返した。延々とこんな噛《か》み合わない会話をするくらいなら、美しい顔も好きな声も捨てようと決めた。男が陽紅の言葉に少しでも怒りを見せてくれれば、まだ迷う余地はあった。

十年後にひと財産を手にしていることを考えてみる。ちいさな町でちいさな手作りパン屋を開いている自分は婚家の親をふたりとも看取った献身的な嫁で、スタンドを退職した夫は妻の焼いたパンを得意先に配達する。美しい家族の終末、その先にはまた違う家族の物語がある。家族の物語、と位置づけてしまってから「違う違う」と首を振った。決してその「夫」と結婚したかったわけではない。いま自分は「条件」を、若さで買おうとしているだけだ。

　気が滅入るほどまっすぐな道を走りながら、この縁談で誰が損をするだろうか、と考えてみた——考えれば考えるほど、誰も損しないのではないかという思いが降り注いでくる。利害関係という言葉が浮かんできた。希望どおりの嫁を得た老夫婦と、娘ほど年の離れた嫁が来る五十代の息子——強《し》いて言うなら、陽紅がこの息子の好みではなかった場合は気の毒な話となる。

　この縁談はいっとき町の話題の美味しい惣菜にもなるだろうが、それもほどなく薄れる。窓口から見る町の人間はみな、次の話題が欲しくて毎日うずうずしている。よほどの重大事件でない限り、すぐに飽きる。苦くも酸っぱくもない話はさっさと隅へと追いやられるのだ。噂話は、甘いだけでもしょっぱいだけでも持続は難しい。

　キリトリ線によく似た白線が、道路を二つに仕切っていた。往路と復路は同じ場所にある。年の離れた男との縁談など、静かにしていればすぐに飽きてもらえるのではないか。

　いつでも戻れる、か——

　そんな思いに行き着く頃、町の明かりが見えてきた。男を渡り歩いた母のおかげで、故郷と呼べる土地はなかったし、親類縁者との付き合いはほとんど残っていない。陽紅の選ぶ場所は、往路も復路も誰に咎《とが》められることもない殺風景な一本道である。

いつでも戻れる、という思いはいつしか「やってみるか」へと変化する。アパートの駐車場から部屋のドアまで歩くあいだ、まだ冷たい十勝の風もが陽紅の背中を押しているようだった。


断るにしても受けるにしても、とにかくここから一歩進まねばならない時期は、陽紅が思っていたよりも唐突にやってきた。聖子に縁談の話をしてから四日後の、すっきりと晴れ上がった風のつよい朝のこと。出勤すると、上司が陽紅を接客室へと呼んだ。自分がいつも座っている窓口にはすでに代わりの職員の背中が見える。すぐに窓口に戻れるような状態ではないということか。嫌な予感は平野を通り抜けてゆく風に似て、突然風足をつよくした。

ノックを二度して、呼ばれた部屋へと入った。黒いソファーに体をめり込ませ、片野うた子が座っている。陽紅にすき焼き用の牛肉を渡したときと同じ、丸い顔いっぱいに笑みが溢れている。応接セットの向こう側に広げたパイプ椅子には、組合長が腰掛けていた。彼は現役農家だが組合長の肩書きがあるため時々ここに顔を出す。色黒で人の好さそうな組合長と彼女が、晴れ晴れとした笑顔を陽紅に向けた。

「やあ、朝から悪いねえ。牛の世話終わってからだとどうしてもこんな時間でねえ。片野さんも朝がいいって言うもんだから」

組合員の顔を見ると、咄嗟に通帳の残高と家族構成が思い浮かぶようになった。片野家は年寄りふたりと五十五の息子の三人暮らし。負債を抱える前に事業整理したので、農地や重機、牧場の売却によって得た金で市街地の一戸建てを買っても充分暮らしていけるという優良離農一家だ。離農時におおよそ三千万の黒字を出せる農家はそうない。

「陽紅さん、お仕事中にすみませんねえ」

いつの間にか名字ではなく名前で呼ばれている。片野うた子の皺に埋もれた微笑みは、この地に生まれてここで一生を終えようとしているつよさと穏やかさがある。残った行き先はあの世だけという冗談が、大きく外れていない世代だ。

「おふたりお揃いとは思いませんでした、すみませんお茶の用意をして参ります」

陽紅が一歩後ずさりしたところで、庶務の古株がお盆を持って部屋に入ってきた。お盆の上には来客用の湯飲み茶碗が三客載っている。テーブルに湯飲みを置いたあと陽紅を見た同僚が、好奇心いっぱいのまなざしを向けて去ってゆく。大きなため息を吐きたいのを堪えて、勧められるまま片野うた子の正面に腰を下ろした。組合長がほんの少し身を乗り出し「まさかなぁ」と笑顔を重ねてゆく。

「まさか、片野さんところの仲人をすることになるとは、思ってもみないことでなぁ。うちとは古い付き合いだけども、涼介《りょうすけ》君がとうとう嫁をもらうとなれば、俺が出てこないばならんべさぁ」

組合長と片野涼介は同い年だという。高校の同級生の仲人とは、本人だけではなく周りもひと騒ぎしたくなるような出来事だろう。ため息ひとつでは済まない気配が漂い始めた。陽紅の手のひらが湿って冷たくなってゆく。

すき焼き用の高級牛肉など、もらうのではなかった。

しかし——あの日の夜道に続く白線のまっすぐさが陽紅を引き留めた。行きもまっすぐ、帰りもまっすぐ。駄目だったら来た道を戻ればいい。捨て鉢でも諦めでもなく、胸が躍る嬉しさともまったく違う何かが陽紅の背中をそっと押してくる。心に立ちこめる霧をはらい、中心にあるものを探し当てたとき、視界はいっそう広くなった。

母との暮らしにはなかった「安定」があるかもしれないという期待が、目の前の道をよりまっすぐに見せた。

「まあ、まだ顔合わせもしていないというから、いっぺんふたりで会わせてみたらいいんじゃないかと言ったんだがね」

そこは片野うた子が「ぜひ両家で」と言い張ってきかなかったという。

「片野さんがそこまで入れ込んでいるお嫁さんとなれば、俺もぼんやりしてはいられないなと思って、こうして出てきたってわけよ」

組合長の口調が微笑みを残したまま威圧に変化する。陽紅は部屋の隅に追い詰められた小動物と化しながら、この状況が自分を未来へと飛ばしてくれるジャンプ台のような気もした。どのみち、縁談がどちらに転んでも職場を去ることになるのだった。町を出て行くにしても、まともに言葉も交わしたことのない男の嫁になるにしても、遠からず無職になる。陽紅は背筋を伸ばし、言葉を選びながら伝えた。

「わたしは一度失敗しておりますし大変光栄なお話ですけれど、まずは一度お目にかかってお話ししてから、息子さんにゆっくり考えていただくということではいけないでしょうか」

「ゆっくりもなんも、うちの息子は陽紅さんがうんと言ってくれたら、もうなんにも要らないくらい喜びますって。会ってくれるのなら、どうぞ陽紅さんのお母さんも一緒に。息子だけでなく、わたしらがなんにも邪魔にならん親だってことを、あなたのお母さんにもよく見て欲しいんだわ」

彼女の顔はすがすがしいほど明るい。窓口でかわした会話ひとつとっても、片野うた子の言葉や態度はしっかりしている。繰り返し言うのはただ「息子の嫁に来てくれないか」という一点で、世間話の際につじつまが合わなかったり物忘れがひどいということはない。実にかくしゃくとした老婦人だった。

通い詰めて外堀を埋め、最後の最後に職場の長を通して真正面から詰められれば、のらりくらりとかわしてばかりもいられない。片野うた子はすでに勝ちを確信してでもいるのか、いつもよりいっそう親しみを込めた口調で言った。

「陽紅さんのために出来ることは、なんでもしたいと思ってるんだわ。わたしら今は息子と三人暮らしだけども、所帯を持ってくれたら、どこかに一戸建ての家を用意させてもらうから。そのために長いこと耕してきた土地と牛を売って農家辞めたんだもの。若いもんには若いもんの生活があるべしね」

うた子の頭の中ではもう、次の段取りへと駒が進んでいる。職場に未練はない。組合長が仲人を買って出た段階で、転がってゆくしかなくなっている。

「じゃあ、週末にでも両家の顔合わせというかたちで、一度ちゃんと筋を通してみるべ。どっちにとっても悪い話じゃないし、俺はこんな楽な仲人は久しぶりだ」

物事は陽紅を抜きにして流れてゆく。聖子の言った「あと十年」も、片野うた子の元気な姿を目にすると「十年で済むだろうか」とうっすらとした不安が過ってゆくが、十年保てばまぁまぁな関係が出来上がるような気もしている。押し切られるような朝のひとときだったが、その場の空気に乗せられてしまったのか不思議と悪い気分ではなかった。

週末の顔合わせを約束して、片野うた子は鼻歌まじりで組合長とふたり、部屋を出て行った。席に戻った陽紅に、元の窓口職員が「厄介なことだわねえ」とため息を吐いた。

「この席に座るってことがどういうことなのか、わかっててやってきたんだよね。声が掛かったら、もったいつけないでさっさと席を譲らないと。まさか居座って次の話を待つつもりだったわけ？」

「すみません、なんの話かさっぱり」

「わかんないならわかんないなりに、さっさと退《の》きなさいよ。ここに座れるチャンスは一回っきりなんだから」

ひときわ態度の厳しい同僚が放ったひとことは、すぐさまフロアに広がった。

窓口業務が「嫁の斡旋《あっせん》事業」の最前線とはっきりした日の昼休み、陽紅はひとりで過ごせる場所を探しあぐね、結局自分の車の運転席で弁当を食べた。箸入れに箸を戻す頃にはもう、職場にも人にも気兼ねはなくなっていた。

週末、顔合わせというには少々気詰まりな昼食会が行われたのは、近年町の外れに出来たオーベルジュの特別和室だった。片野家の老夫婦は日焼けした丸顔をちんまりと肩の上にのせて、終始笑顔だ。陽紅の前では片野涼介が目を伏せている。なかなかこちらを見ようとしない男は、陽紅がガソリンスタンドで見かけるその人とは少し雰囲気が違った。軽い顔合わせという言葉を信じているのは涼介と同い年という組合長と、陽紅の横に座る聖子のふたりだけのようだ。組合長の長いおしゃべりによれば、オーベルジュのオーナーも同級生で、時機を見て町長に立候補する予定だという。

見えない真綿で少しずつ首を絞められてゆくような気配のなか、聖子はとても機嫌がいい。口数の多さで言うと、組合長が五割、うた子三割、あとの二割は聖子だった。

「陽紅さんのお母様がこんなに朗らかなかただとは思いませんでした。このたびはお嬢さんの背中を押してくださったとか、わたしらもありがたく思ってます」

「こちらのほうこそありがたいお話で。至らない点はたくさんありますけれども、こんな誠実なご一家に気に入ってもらえるなら育てた甲斐がありました」

今日の件を伝えた際、聖子の口から「なにごとも経験」のひとことが返ってきた。嫌なら町ごと捨てればいいというのが母の理屈で、地縁もご縁もない土地として二度と行かなければ済むという。捨てても捨てられても、あとくされがないとは言うけれど、捨てられる側のことを考えないのが聖子流なのだった。

運ばれてくる料理は、地場野菜と地元の和牛を使った「お箸でいただくイタリアン」だ。片野うた子はいつもの柔らかさを崩さず、丁寧に肉を口に運ぶ。入れ歯の調子がいまひとつで生野菜は苦手だという彼女のために、すべてに熱が加えられていた。

家でやっている煮炊きとは材料が同じでもずいぶん違うものだと言いながら、うた子の関心は陽紅の隣で営業用の笑顔を貼り付けている聖子に向かう。

「陽紅さんのお母様はうちの涼介と同い年なんですってねえ。なんだか不思議なことで」

「ええ、おかげさまで、娘の相談にはしっかり乗ってあげられそうです。年齢のことは、あまりお気になさらず。そういうことで分け隔てするような子には育てておりませんので」

「スナックを経営されているそうですねえ」

「明朗会計、家賃滞納なし。自分で言うのもなんですが、常連客の多い優良スナックです」

刃を隠し持ったような会話の合間に、なにかが擦《こす》れる音がする。ゴムをすりあわせるような音の在処を探すと、涼介の父親の口元だった。合わない入れ歯に難儀しながら、懸命にパンを噛んでいる。陽紅の視線に気づいたらしく、涼介も日焼けした顔を父親の方へと向けた。

「父さん、入れ歯安定剤つけてくるのを忘れたんじゃないのか」

「だいじょうぶよ、いつもこうなの。気にしないで」

すかさずうた子が片手を振った。涼介はなにか言いたそうな口を閉じ、ちらと陽紅を見た。

その日に問おうとするも、すぐにうた子が割って入る。彼女は、一生の気がかりだったという息子にやっと嫁が来るかもしれぬ喜びのせいか、窓口で聞いた話を今日も繰り返している。うた子は、道央に住んでいる長男夫婦とも程よい距離でいい関係を保っており、老後のことはその長男と次男の涼介とでうまく話し合いがつくだろうと言う。この町に生まれ育った老夫婦は、動けなくなる前に入れるよう、町が運営する老人施設に予約済みだと自慢げに言った。片野夫妻を見ていると、いつが老後なのか境界がわからなくなってゆく。彼らはとにかく、現在の自分たちには負の材料がなく、あとは次男が所帯さえ持てば一生の大仕事が終わる思いであるという。

「それにしても、太陽の陽に紅とは、お母様もお嬢様に美しいお名前をつけられましたねえ。名前に違《たが》わず明るくお育ちになって、たいそう満足されておられることでしょうねえ」

しまった、と思ったときは遅かった。聖子の体がぐいと前に出る。ええ——母の嬉々とした返事に、頭の芯に締め付けられるような痛みが走った。

「わたしとしては、ようこと読ませるつもりはまったくなかったんですけどねえ」

「本名じゃないんですか」

「わたしがつけた名前はピンクだったんです。産んだその日につけたんですよ。可愛いピンク色の赤ちゃんだったんです」

陽紅は冷えかけたキャベツのスープを飲み干し、ふたりの会話を心の遠くで眺めるようにして聞いた。

「ピンクさんがまた、なんで『ようこ』に？」

「この子が、ピンクって呼ばれるのが嫌になったらしくて。わたしの結婚で土地を離れたり学校を変わったりしているうちに、いつのまにか『ようこ』なんていう普通の名前にしちゃってて」

両手を合わせて口元を隠すときの聖子は、お店のカウンターの内側にいるときそのままだった。うた子は、聖子の結婚離婚の話を聞いても、陽紅のそれについては一切触れなかった。

聖子がうた子の口に乗せられて「娘が駄目だったときはわたしが控えにおりますから」と笑いながら口走ったところで、デザートのミルクジェラートが運ばれてきた。甘いものにごまかされながら、息が詰まるような「顔合わせ」が終わりに近づいている。

組合長は、年度が替わる四月から働ける窓口の後任が見つかったので、陽紅はすぐにでも片野家に入っていいという。

「窓口から嫁に出せるのは、自分らとしても嬉しいことだから。まあ、ご両家の末永いご繁栄を祝して、今日を最高の祝いの席とするべし」

日本酒とミルクジェラートを交互に口に運ぶ組合長の顔が、焼けた鉄板ほどに赤い。気持ちのいい酒だと喜びながら、次期町長選出馬を狙うオーナーにジェラートのおかわりを頼んでいる。

顔中を皺と笑みで埋めたうた子が下から陽紅をのぞき込むようにして訊ねた。

「めでたい席に免じてお訊ねしたいんだけれども、陽紅さんはいつくらいに涼介の嫁に来ていただけるだろうかねえ」

　助けを求める先は、伏し目がちな涼介ひとりだった。まだまともに会話もしたことのない男の嫁になるという時代錯誤に、孤立感が深まってゆく。陽紅のまなざしに、一拍置いてようやく涼介が口を開いた。

「陽紅さんさえ良かったら、ということです。あまり気乗りがしないようなら、どうか気にせず断ってください。今日で決まるなんて、最初から思っていませんでしたから。このとおり親になにもかも任せきりのだらしない五十男です。なにかと心配されていると思うんで、そこは遠慮なく、どうか」

　そこまで一気に言ったあと息を吐ききり、ようやく涼介の硬い頰がゆるみ、ほっとした表情へと変わった。陽紅はぼんやりと男の声を耳の奥で繰り返した。

　涼介は「どうか、遠慮なく」ではなく「遠慮なく、どうか」と言った。緊張の解けないまま使う言葉の前後に大きな意味があったとは思わない。けれど人の心は、無意識に放たれた言葉の順番に揺れるものらしい。父親ほども年の違う涼介の精いっぱいを見たような気がして、今度は陽紅のほうが短く礼を言い、目を伏せた。

　このままこの土地の凪に流されるのも悪くない――陽紅がそんな言いわけを自分に許したのも、涼介の実直そうな言葉選びと、決心の一端にどっしりと腰を据えている「親と別居」「介護なし」の条件だった。この話が滞りなく進めば、五月の連休明けには町内に一戸建ての家を用意するという。

町には、札幌や東京で独立した子供たちの許《もと》へ行ったり、施設入所を決めた老人たちがその処分に困っている物件が、選べるほど残っているのだった。

「そんなもったいないお話、ねえ陽紅ありがたいことねえ」と聖子のほうがはしゃぐ始末で、うた子が今後この母のことをあまり良くは思わないことも想像できた。

母とふたりで生きてきた自分にとって、片野家に「家族」としての居場所が在ることは、堅い就職口から一歩進んだ進路のように思えてくる。どんなに好きになったところで、男と女は別の生きものだ。ふたつの心が始終重なって歩いて行けないことは、最初の男で学んだ。職場で「条件につられて結婚する貪欲な女」と陰口を叩かれるのにも飽きた。ならば自分は、貪欲にもなれずに条件を落としてゆく女より一ミリでもいい暮らしをすればいいのだ。

「後任の人も決まっていると言うことですし、三月いっぱいで退職します。引っ越しまでは生活に必要なものを揃えながら過ごしたいと思います。ふつつか者ですが、どうぞよろしくお願いいたします」

窓を開けたらすぐさま溢れ出しそうなほど、場の空気が膨らみきった。陽紅は自分のひとことがこの場の誰をも幸福にしていることを疑わなかった。


とんとん拍子というには少しばかり周囲に対する意地が挟まり、片野家との新たな関係に作りものめいた気配も漂わせながら、陽紅は三月末で仕事を辞め、新生活の準備を始めた。

涼介は新居の物色には必ず陽紅を誘い、最初は遠慮しがちだったアパートへの訪問も増えつつある。手土産にもらった食材で手料理を振る舞い、焼きたてのパンを用意しておくと、涼介は嬉しそうに平らげた。三日に一度、うた子に玄関先までロールパンを届けるときなどは、家に上がって一緒にテレビを観ようと誘われることもある。週に一度、聖子の部屋を訪ね、当たり障りのない報告をすれば母の機嫌も良かった。

四月の末が近づくと、町に二軒あるスーパーのどちらへ買い物に出ても、陽紅を知らない人はいなくなった。農協の窓口にいた女ではなく、片野家の次男坊と結婚を決めた女として認識されているのだった。

仕事を辞めて時間を持て余し気味にしていると、この町では週刊誌やネットの情報など何の慰めにもならず役にも立たないことが見えてくる。価値観の多様性という言葉もスーパーに入った途端に向けられる視線で一気に吹き飛んでしまう。どんな流行よりもご近所の噂がいちばんの好物なのだ。それでも陽紅がここで居場所を見つけてみようと思うのは、新たな話題をつかんだときの町民が驚くほどの速さでそちらへと関心を移すのを窓口で見てきたからだ。

自分が話題の中心になる前の噂の主は、人口三千人の町で起こった脱税だった。町外れで評判のいいラーメン屋が、ゴミで出された割り箸の量で脱税していることが発覚したのだ。店は閉まったままになり、一家は離散したのだが、妻のほうが町議会議員の親戚だったというだけで、その議員の議員辞職勧告へと発展し、そちらの夫婦仲にまで飛び火した。ひとつ見つかると芋づる式に親戚縁者が話題に上るのは、この土地全体が根を張り手を係《つな》ぎ合うようにして存在してきた証《あかし》でもある。陽紅は自分に、地縁のつよさと弱さの両方を笑える余裕があれば、なんとかなるだろうと楽観する。

気温が二十度まで上昇した連休直前の夕刻、ガソリンスタンドの仕事を終えた涼介がアパートにやってきた。多少遠慮のなくなった仕草で手を洗いうがいをする。明日は仕事が休みだという。明日の昼には、三つに絞り込んだ新居の決定をする予定だ。

ここで暮らせば冷蔵庫が要らないだろうというくらいスーパーに近い4LDKの二階屋と、二百坪の土地に庭付きの平屋、もう一軒は目抜き通りに面した橋のたもとにある元々は花屋だった物件だ。リビングの日当たりがいいのと、防風林を見渡せる川縁《かわべり》の景色に惹かれた。いずれも築十年以内の建物だった。どの物件も土地付き一千万円前後で、決して安い買い物ではない。購入資金は片野夫妻が次男坊の結婚のために取っておいたものだった。

会う時間が増えても、今のところ涼介の態度がおかしく崩れてゆくことはない。入籍は引っ越しの日にしようということも、結婚のお披露目もせずに静かに新生活を始めたいということも、涼介は「そうだね」と言って飲み込む。

「川と防風林の景色って、そんなにいいものかい」

用意しておいたビーフシチューに焼きたてのフォカッチャをひたしながら、涼介が訊ねる。その話の前に料理の感想を言ってよ、と甘えれば「ごめん、美味しい」と笑いながら返してくる。こんな会話をするときは、自分もちょっと聖子に似てきたかなと胸奥で舌を出す。

元花屋の物件を気に入っていることを、涼介があまりに不思議がるので、上手く出来たビーフシチューに気を良くしたついでのようにぽろりと漏らした。

「隣に何も建つ心配がないし、一階の店舗部分はしっかりしているし、いつかあそこでパン屋さんを開けたらいいなって思って」

「そういう計画があったの――」

しまった、という顔を見られないよう「夢みたいなこと言ってますけど」とシチューを口に運ぶ。打算的な女だと思われたくない時点で、すでにかたちある打算が体からこぼれ落ちているのだが、涼介はそんなことには構わぬ様子で「いいかもしれないね」とつぶやいた。

「この先、どう考えたって僕が先にあの世へ行くわけだし。正直なことを言うと、そこのところをどうしたらいいのか悩んでた。でも、僕がいなくなっても陽紅さんがこの土地で根を張って生きて行ってくれるなら、安心です」

ほろほろとスジ肉が煮崩れてゆくような感覚が陽紅の体を一周した。この先多少のことがあっても、彼の今のひとことで救われてゆくのではないか。大人の男に優しくしてもらっているという安心と、先々のことを自分以外の人間が考えてくれていることへの幸福感が満ちてゆく。

もしかするとこれが聖子の言う「ありだね」ではないか――

涼介はもののついでのように、陽紅の呼び名を「ピンク」に戻すのはどうかと提案してきた。

「ずっと『ようこ』でやってきたから、急にはなかなか」

「うん、でもなんとなく、このあいだのお母さんのお話を聞くと、本来の呼び名も似合うような気がして」

涼介は自分の言葉に照れた様子だ。スライスして皿に並べたフォカッチャをすべて口に入れた勢いで、瞬く間にシチューを平らげた。

気持ちが柔らかく変化した陽紅は、その日初めて涼介に「泊まっていきませんか」と切り出した。そろそろ、という思いもある。ひと晩過ごすのなら今日かもしれない。

陽紅は食器を洗い終えており、涼介も帰り支度を始めようかというところだった。

「お家のこと、もっとゆっくり話したいし、涼介さんがどんな家庭を持ちたいのか教えてください」

精いっぱい可愛らしさを演じたつもりだったが、成果は芳《かんば》しくなかった。のぞき込んだ涼介の瞳が戸惑いに揺れていた。最初は照れているのかと思ったが、陽紅が首を傾《かし》げたりうつむいたりしているうちに彼の瞳の揺れは増した。やがて、うなだれた首が左右に揺れた。

「すみません、ちょっと寝不足が続いているもんだから、今日は帰ります」

「ごめんなさい、気づかなくて」

陽紅は体ひとつぶん近寄ることも出来ないまま、油や揮発性の薬品や、男の皮脂のにおいを嗅いだ。

「まだ冷えるから、風邪なんかひかないようにね」

明日の午前十時に迎えに来るから、と彼は言う。娘を気遣う父親のような言葉を残して、涼介は出て行った。取り残された部屋には彼のまとっていた油と脂のにおいが沈んでおり、陽紅がクッションに腰を下ろせば余計に鼻先で漂い続けた。

翌日、広々とした平屋も、いつ片野家の両親や聖子が泊まりにきてもいい二階屋もやめて、ふたりが決めたのは橋のたもとにある元花屋の物件だった。一階は店舗部分と小ぶりなリビングダイニング、二階が寝室を含めた二部屋と納戸、という造りだ。不動産屋は、新たに商売を始めるのなら止めはしないが、新婚さんの住む家ではないという。涼介は「いつか使う気がするから」とにこやかだ。

——なにかご商売を始められるご予定でも。

——まだ先の話で、計画も準備もこれからなんです。

——うちはリフォームも広告も請け負ってますので、そのときはご相談ください。

——ありがとうございます、頼りにしています。

住宅部分の出入り口は、川に面したドアだった。入れば小さな玄関があり、店舗へ続く廊下の右側にリビングの入り口がある。陽光がふんだんに入るリビングは、日当たりの良さを避けた店舗の恩恵だろう。通りに面した呉服屋も金物屋も、餅屋も薬局も、直射日光を避けてウインドウを連ねている。家の裏側は川縁に沿った下り坂の遊歩道になっているため、リビングからの景色はまるで山の斜面に建つ温泉旅館の上層階のようにゆったりとした眺めだ。

店舗だけではなく台所も風呂場も洗面室も充実していた。何より陽紅を喜ばせたのは、四穴のジェットバスだった。外観の簡素な気配からは想像もつかない風呂場は、白を基調にして細かな青いタイルがアクセントのしゃれたデザインだ。

商売と生活を充実させるには申しぶんない。二階へ上がれば、寝室に出来そうな十二畳の洋間と遊ばせておくにはもったいないくらいの八畳間、全面びっしりと棚のついた納戸がある。花屋が築八年のこの家を手放した理由については、不動産屋より涼介のほうが詳しかった。陽紅は昼食がてら町の外へと車を飛ばし、帯広へ向かう途中で花屋の話を聞いた。

「奥さんが札幌生まれの生け花の先生だった。旦那のほうがこっちの出身でね。親の代はあそこで本屋をやってたんだけど、奥さんがお花の先生なら花屋がいいだろうって建て直したんだ」

順風満帆に見えた一家が六年で離散した理由は、立て続けに出すことになった両親の葬式と、それにまつわる親戚縁者との諍いだった。

「こんな短期間に親がふたりとも死ぬのは嫁が毒を盛ったせいじゃないかって——おそらく親戚の誰かが冗談で言ったことに尾ひれがついただけなんだろうけど」

両親はふたりとも天寿全うだったと、涼介は言う。

「もうけっこうな長患いで、ふたりとも病気がわかっていての代替わりだったんだ。それぞれ病院に入っていたのは三か月くらい。おばさんのほうは、旦那さんの葬式を自分が出せて良かったたって、喜んでたって聞いた。ふたりともあんまりお嫁さんに面倒かけないでくれって、延命治療もしなかったたって。仲のいい夫婦ほど時間を置かないって言うからね」

天寿を全うしたはずの老夫婦を見送ったあと、四十代の若夫婦は心ない町の噂に悩むこととなった。花は売れない。商売をしている以上、客が離れてしまえば食べてはいけない。うまく行っていたはずの夫婦仲も、経済的に厳しくなってくると違う一面を見せ始める。

「お嫁さんが町を出たところで、家が売りに出されたんだ」

陽紅はそういった因縁のある物件だとは知らずに決めた。けれど涼介はいきさつを知っていて決めたのだった。

「あんまりいい物件じゃなかったんですね。いいんですか、そういうお話のある場所でも」

涼介はフロントガラスを見たまま数秒黙ったあと、静かに言った。

「いいんですよ。二年ものあいだ値を下げていたけど、本当はみんな、あの家を買えるくらいの度量が欲しいんじゃないかなって、思ってたから」

陽紅は少しずつ、時間をかけながら人を好いてゆくのも悪くないと思い始めている。実際、時間を共有するほどにあと数日で夫となる人が好ましく思えてくるのだ。時代錯誤と笑われても、自分にはこんな出会いと静かな日々が向いているのだろうという確信も近づいてくる。嫌な話を聞かせたかな、と困惑し始めた彼に、陽紅は「涼介さんが気にしないのなら、わたしも気になりません」と返した。

涼介はその日、陽紅をアパートの前まで送ったあと自宅へ帰った。男女の仲になるきっかけは、手の届くところにありそうなのだが、なかなかたどり着かない。

陽紅の気持ちと体は、近づきつつあるものと、近いのか遠いのかわからぬもののあいだでゆらゆらと揺れることを繰り返していた。

引っ越しを終えたのは、連休も終わりあとは夏を待つばかりとなった五月半ばのことだった。このたびの功労者であるうた子は、挙式もお披露目もしなかったことをしばらくのあいだ嘆いていたというが、その愚痴も陽紅にまでは届かなかった。涼介が「他人の好奇心に付き合うことはない」のひとことで収めたという。道央にいるという兄夫婦にも法事のあるときに挨拶すればいいと言われ、拍子抜けした。陽紅にとってみれば、過剰なほどの気遣いの上にどっしりと胡座《あぐら》をかいているような嫁入りだが、たとえばこれが半分になったとしても、手厚いもてなしの気配は充分残っているだろうと思えた。

婚姻届を出すために町役場の窓口へ行くと、カウンターの向こう側の気配にさざ波が起きた。町で話題のふたりである。知らぬ者はいない。とうとう籍を入れに来た、という羨望と好奇心と品のない想像のあれやこれやを包み込んだ波が寄せては返す。

橋のたもとにある新居には、すでに家具や家電、生活用品を運び込んである。アパートも引き払った。今日から、持ち家のある「町民」になるのだった。

入籍を終えたあと、片野家に立ち寄ると、うた子が満面の笑みでふたりを迎え入れた。

「そうかい、無事に籍入れたかい。これでうちも安心だ。良かった良かった」

舅《しゅうと》は近所の友人の家へ遊びに行っているという。八十を過ぎてまだ車の運転をしている彼の手土産は、いつもドラッグストアで買う栄養剤だった。

「父さん、またドリンク持って友だちんとこさ行った。次男坊に嫁が来たってんで、みんな話を聞きたがるもんだから。もう有頂天なんだ」

今度、舅の友人宅にも顔を出してやってくれと言われ、曖昧に頷く。茶の間のソファーに座ろうとした陽紅より一瞬早く、うた子がそこに腰を下ろした。手にはテレビのリモコンが握られている。おや、と思う暇もなく画面が昼帯のドラマに変えられた。

「このドラマ、勉強になるんだよ。一緒に観ていきなさい」

姑となったうた子が息子夫婦に勧めたドラマは『灼熱の獣たち』。色気のある若手俳優が演じる男性と、中年女性の道ならぬ恋を描いたものだ。場面は常にベッドと風呂場のどちらかで、かなりの低予算という点でも話題になっている。

「昨日は亭主にバレそうになって、腹くだりのふりしてトイレに駆け込んだところで終わったんだ」

昨日のシーンに引き続いて、画面に大きくタイトルが現れる。オープニング曲が流れ始めると、うた子が冷蔵庫に急ぎ、コップを三つとお茶のペットボトルを抱いてテレビの前に戻ってきた。曲がかかっているうちにお茶を注ぎ、呆然と立ち尽くしている涼介と陽紅においでと手を振ったあと、体ひとつぶん身を乗り出す。

「これが終わったら仏壇《ほとけ》さんに、中華まんじゅうがあるから、それ下ろして食べよう」

涼介のほうを見るのもはばかられて、とりあえず仏壇にお参りだけ済ませた。うた子が身を乗り出して観ているテレビには薄い掛け布団がうごめくシーンがアップになっている。布団の中から、微かなあえぎ声まで聞こえてくる。部屋をノックする音で布団の動きが止まった。サスペンスを思わせる曲のフレーズが繰り返され、コマーシャルに切り替わる。涼介がさっさと玄関に向かうのを慌てて追う。

「ちょっとあんたたち、これを観て気持ち盛り上げてから帰りなさいよ。父さんから、お前にもドリンクをひと箱持たせるようにって言われてるんだ」

「いや、俺らまだ片付けもの残ってるから、帰るわ。父さんによろしく伝えてくれ」

名残を惜しむ間もなく、ドラマの後半が始まった。うた子が「ほんとに、頑張ってちょうだいよ」と大声で返した。別段不機嫌という感じはしない。姑が昼帯の艶っぽいドラマに夢中な姿は滑稽でもあったし、どこか憎めない気配も漂っている。陽紅はなによりその品のなさにほっとするのだった。

片野家の、初めて見る光景だった。日常を取り戻した姑が日々の楽しみに戻ってゆくのも平穏の証だろう。陽紅は、自分たちの新しい生活がたくさんの日常に埋もれながら滑り出したことに満足した。役場で感じたさざ波も、ほんの少し遠ざかる。そのぶん、涼介の存在が迫ってくる。夫になった人は、まだ陽紅を抱こうとしない。

ときどき、大切にされているという実感とは何かが違う、という思いがみぞおちのあたりから湧いてくる。今日だろう、今夜だろうという前のめりの日々も、入籍を終えた今日でお終《しま》いだと信じたい。体を係げることに最初の男のような心ときめく期待はないが、この人と静かに暮らして行こうという穏やかな決意はある。初心《うぶ》なふりも面倒だった。再婚という肩書きが消えることはないのだ。

そろそろ、という心の準備が空振りに終わった三度目あたりで陽紅の胸を過っていった不安は、涼介が未経験なのではないかという一点に絞られている。確かめるのも恐ろしいことだが、もしそうならば、と慌てて聖子に電話をした。

――それならなおいいじゃないの。涼介さんが童貞だったら、お前は一生の女神様だ。男にとってやっと来た春だよ。そりゃあ五十五年はちょっと長いけどさ、あんなことは覚えればたちまち好きになるに決まってる。大事なのは、たった一度しかない初めての経験を、お前が褒めて褒めて褒めちぎることだ。

また、わからないことがあったら電話しなさい、と言った母の笑い声がしばらく耳に残った。聖子の言葉にも間違いはないが、大事な陽紅の気持ちが抜け落ちていた。聖子のアドバイスはいつもどおりだ。説得力もあるけれど、上手くすくい取れないこちらの心もちを、いつもすっきりと切って捨てる。

今夜もまた涼介がはぐらかすようだったら、ここから先は陽紅が優しく手を取り足を取り――考えているあいだに、片野家から川縁の新居まで、五分間のドライブが終わった。

せっかくの休みなので、早めの夕食にしようと誘う。昨日のうちに買っておいた十勝牛のミスジがある。入籍のお祝いにと、ワインも用意した。ふたりの行事は朴訥《ぼくとつ》な涼介に代わり、陽紅が先に立って進行しなくてはいけないようだ。先の経験から、自分の楽しみを率先して見つけてくる男の周りには誘惑も多いのを知っている。涼介の晩生《おくて》は気がかりではあったけれど、たった一日で景色を変えられることもある。

焼き肉とワインとサラダで腹を満たしたあと、涼介が先に風呂に入った。陽紅の楽しみは四穴のジェットバスだ。スイッチひとつで背中と足下から勢いよく噴射する気泡は、すぐに憧れの泡風呂を用意してくれる。外国映画のワンシーン再現のために、バブルタイプの入浴剤を買い込んである。

一階の店舗部分はまだがらんとした打ちっぱなしのコンクリートだった。けれどいつかここでパン屋を開くと思うと、物置にする気は起きなかった。ときどき家の中に風を入れるためにシャッターを半分上げて、黴《かび》の発生を防いでおかなければ。

台所を片付けて、入れ替わりに風呂に入る。真っ白いバスタブから泡が溢れ出て、息が詰まりそうになった。このまま浴室いっぱいの泡に包まれてしばらく眠りたくなり慌てた。自分がこの結婚に何を望んでいたのか、よくわからなくなっていた。

風呂から上がり身支度を整えて寝室に入った。コンセントに取り付けたＬＥＤの足下ライトがちいさく床に光を落としている。陽紅は、窓側のシングルベッドで軽いいびきをかいている涼介の背中を、一メートル離れたベッドの縁に腰掛け眺め続けた。自分はなにか大きな間違いをしでかしたのではないかという不安と、想像もしていなかった光景の両方に責められていた。

その夜も、その次の夜も、その次も――涼介は陽紅の体に触れようとしなかった。

十勝の空が熱を帯び始める七月の初め、気の早い諦めが陽紅の胸に落ちてきた。涼介の様子は変わらない。車で五分の近さにありながら実家にも自分からは顔を出さぬようだ。これまで窓口に日参していたうた子は、野菜を取りに来るようにと、ときどき電話を掛けてくる。それも涼介の携帯にメールを入れておけば、仕事帰りに野菜だけ持って帰ってきてくれる。うた子と会う回数は、窓口にいたときより格段に少なく、平穏だ。彼女の願いが叶い、興味の先が昼帯ドラマに移ったとしたら、それはそれでありがたい。

いつかパン屋を、という思いがくすぶっているおかげで、専業主婦という言葉にあまりこだわりもなかった。あれこれと朝食パンの材料をノートに書き出していると、開け放した窓から川音が聞こえてくる。この生活に足りないものを、川の音と一緒に流してみる。流れきれないものが、内側に色濃くなって戻ってきた。

昼時を過ぎて、急に気温が上がってきた。うた子の反対を押し切って、町にあるスーパーのレジ打ちか惣菜部のパートに出れば良かったかな、と思うひとときだ。うた子は陽紅が外に出て働くことにあまりいい顔をしない。涼介も、パンの勉強にあてたほうがいいのではないかと言う。余るほどの長閑《のどか》さも、ときどき飽きる。

しばらく閉めっぱなしだったノートパソコンを開いた。独身時代の休日に似たひとりきりの昼間、なんの罪悪感も持たないまま元夫のブログを開いた。

——アジア各国の友人から、この冬はエコファーがブレイクするとの情報がありました。みなさん、冬の準備は夏からですよ。バッグと一緒に、エコファーのコートを仕入れます。乞うご期待。

Vサインの横には丸顔の、現地の若い女の子が写っている。背景には漢字だらけの看板が続いていた。バッグやキャップ、それぞれに合わせたブレスレットの写真が次々にアップされている。相変わらず、楽しくやっているようだ。なんの感情も湧かない。好きだったのかどうかも曖昧だし、この男と結婚していた時間が本当にあったことなのかどうかも、男の笑顔とVサインでかき消されてゆく。

いいわねえ、楽しそうで――

無意識につぶやいた言葉に、陽紅自身が慌てた。どこからか、こんなに楽しそうな元夫に負けてなどいられないという思いが湧いてくる。羨ましいと思ったら、そこから先は惨めな自分を探してしまう。負けられない――勝たなくていいけど、負けちゃ駄目。

内側のつぶやきも、なにやら聖子の言葉に似てきたなと感じて可笑しくなるが、本気で笑うことなど出来なかった。

その夜「負けられない」のスローガンに押し出されるように、陽紅は風呂上がりの涼介に訊ねた。

「わたしがお誘いしたほうが、いいんですよね」

最初はなにを言われているのかわからぬ様子だった涼介も、陽紅の真剣な顔に「ああ」という諦めと硬い気配を漂わせた。

「女から、という展開がお好きなのかと思って」

「いや、言ってることはわかります」

「わかるだけですか」

「理解してます。おかしな結婚だって、思うのも当然です」

ならばなぜ、と詰め寄りたいところを堪えて「責めるつもりはないんです」と退《ひ》いてみた。女房の体も外の女の体も、同じように抱くことの出来る男はこりごりだが、女房の体に興味がない男からは、正直なことを言えば逃げたい。そこは年齢差以前の問題のような気がして仕方ない。結婚したと思ったらすぐ離婚という図式が二度繰り返される恐怖のなか、聖子ならば「まぁいいか」と瞳をくるりと回すだろうと想像した。この「まぁいいか」までに、自分はもう少し時間がかかる。理解するまで、いったいどのくらい年を取ればいいのだろう。

ごめんなさい——涼介の口から謝罪が漏れた。

すみません、でも、申し訳ない、でもなかった。ごめんなさいを超える言葉は思いつかない。この後も、涼介は陽紅を抱くつもりがないのだ。

立ち話で済む話ではなかった。涼介をダイニングテーブルの椅子に座らせ、缶ビールをふたつのグラスに分けてそれぞれの前に置いた。

——なんで、結婚なんかしたんですか。

恨み言でも呆《あき》れ言葉でもなく、知りたいという欲求が陽紅の口を開かせる。男を責めてしまう響きになることは承知で、それでもなお訊いてみたい。

コップのビールで唇を湿らせ、涼介がぽつぽつと言葉を落とす。

「親を、安心させたかったんです。ただそれだけでした。まさかあなたのような若い人が承知してくれるとは思わなかった。世の中奇妙なことがあるものだと思いました。だから、いつかパン屋さんを開きたいと聞いたとき、心底ほっとしたんです。この結婚で、少なくとも陽紅さんは多少の得をして、願った生活が出来るようになる。それでいいんだと思ってしまいました」

条件が先に立っての結婚と知って救われることがあるとは、こうして籍を入れたあとでさえ上手く理解が出来ない。

好きなだけでは出来なくて、好きじゃないと出来ないこと——仕事と結婚はよく似ている。陽紅は、今までそのどちらも上手く揃ったことがない。そもそも涼介と結婚することで、時間をかければどちらも揃うと思ったことが間違いだったのか。

「今後、どうするつもりだったんですか」

半ばふてた気持ちで訊ねてみた。涼介の瞳がようやくまっすぐ陽紅を捉えた。知らず知らず、背筋が伸びる。夫の口から最初に放たれたひとことは「子供を」だった。

「子供を、とりあえず子供を、なんとかしたいと思っています」

「なんとかって、小麦粉こねて出来るものじゃあないですよ」

傷つけついでに、女としたことがないのかと訊ねてみた。涼介は首を横に振る。苛立《いらだ》ちが膨らんでゆく。まるで「君だから駄目」と言われているようだ。まさかのひとことに対して、陽紅の口調もいつしかとげとげしいものに変わった。

「わたしだから駄目なんですね」

「いや、そういうことじゃないです」

お互い、もう敬語で話している。

「抱かないんですか、抱けないんですか」

「抱けないんです。若すぎて、眩しくて、怖いんです」

最初から抱く気のない女と、それも娘ほど年の離れた若い女と、親を安心させるためだけに結婚できる男だった。願い下げ、という言葉も浮かんでくる。涼介はしばらく黙ったあと、頭を下げた。

「僕が持っているものを、すべて差し上げてもいいと思っています。どんな方法でもいいです——子供を作ってきてくれませんか。このまま子供が出来なければ、あの母です、相手を代えて、と言い出すかもしれない」

もう、何を言う気にもなれなかった。こんな結婚は間違っていると、大声で町中に言いふらして姿を消したい。遠くへ行って、このことをちいさな失敗に変えたい。自分の選択と男の姑息《こそく》な計画を、大量の砂で二度と地表に現れぬよう埋めてしまいたい。けれど、陽紅の忌々しい思いは、男がテーブルにこぼした大粒の涙でゆるゆると川下へ流れてゆく。

「陽紅さんのことが、好きです」

このままでは体の渇きはどうしてあげることも出来ないと悟ったので、快楽は外で得てきて欲しい、と男は言うのだった。快楽を得るかどうかの選択も、善悪の判断も、体にまつわる段取りは常に陽紅がしなくてはいけないらしい。男が放つ無意識の狡《ずる》さに引きずられそうになる。

絞り出すようにしてテーブルに落ちてくる言葉を、何度も胸の内側で繰り返した。好きだが抱けない、抱けないが好きだ。好きだからこそ、自分が与えられないものを外で得ても我慢できる。そんな論法がどこにあるだろう。陽紅は体と気持ちのどちらかを捨てても我慢がきくほど、残酷に人を愛したことがなかった。

「涼介さんは、わたしのことを抱けないのに、自分の子供じゃない赤ん坊を抱くことは出来るんですか」

おおよそまっとうな質問とは思えなかった。

「先のない親を安心させて、自分も楽になりたかったんです。正直なことを言うと、一緒に暮らせばなんとかなると思っていました」

しかし現実は「怖くて触れない」だ。涼介は、陽紅が笑いながら迎えてくれる今の生活を手放さないためなら、なんでもするという。孫の顔を見せてくれさえしたら、親の死後、自分を煮ても焼いても身ぐるみ剝いで捨ててくれても構わないと言った。

男はさらに泣いた。

「涼介さんは、今のわたしを若いから怖くて抱けないって言うけれど、みんないつかちゃんと年を取るってこと忘れてると思う。触ってみてください。なにも怖いことなんか、ないと思います」

離婚経験だってあるし、と言いかけた陽紅を、涼介が遮った。

「触れると、自分が傷つきそうなんです」

男のプライドにとことん付き合うには、忍耐と努力が必要だった。

お前のプライドを守るために捨てられるプライドの身にもなれ、と叫びたいところを堪え
「そうですか」と頷いた。時間をかけて柔らかくなってゆく関係を、今は想像できなかった。

親が第一順位であるように見せかけた男が、その実いちばん優先させたいものは「己が傷つかないこと」だった。

明日のことは明日考えようと決め、陽紅は少し丁寧に頭を下げた。

「困らせてごめんなさい。ちょっと疲れたので、横になります」

その夜からふたりは、たった一メートルの溝を埋められない新婚夫婦となった。自分はこのあと十数年は妊娠出産の見込みのある家畜だ、という思いが頭を離れない。若さを担保にして買った将来なのだった。

翌朝、別れることが選択のいちばんに来なかったのは、結婚を決める際の「十年後の自分」がより具体的に思い描けるようになったからだった。まさか自分が母親と同じものの考え方をするようになるとは思わなかった。若さが武器になる時間は少ない。やり直すことと引き返すことの違いがわかるようになっただけ、充分じゃないか——

「月に一度でも札幌のパン作り講習会に参加したい」と言い出した妻を、涼介は止めなかった。体の関係を諦めれば、こんな都合のいい間柄もない。すべてを許す準備を整えた男にとって、妻だろうが恋人だろうが女は甘い菓子を与える対象で、下半身がぼやけた人形なのだ。

別段この男が好きで結婚を決意したとさえ思わなければ、心や気持ちといったかたちのないものは、風に飛ばされる淡い匂いに変わる。ネットで検索すれば、自分のように家や町の飾りとなった女たちのつぶやきが溢れている。陽紅の場合、働き手としてあてにされていないぶん楽だった。入籍から三か月を過ぎた頃、舅からドリンク剤が三箱届いたのは笑い話だ。

——こんなにたくさん、誰が飲むんだろう。

——仕事で疲れたとき、僕が飲むよ。

かなしみも悦《よろこ》びもない代わりに、自分たちは親が身を粉《こ》にして働いて得た財産を一代で食い潰すのだ。心を痛めないためにすることがある。対価は陽紅の妊娠だ。ときどき、夕食の惣菜代わりに訊ねることがある。

——ねぇ涼介さん、本当に誰の子でも育てられる？

——うん、勤め人になる前はずっと生きもの育ててきたから。

——お義兄さんのところにも、男の子と女の子がいるって聞いたけど。

——兄貴のところは、ほとんど行き来がないから。僕が札幌での商売に失敗してこっちに戻ってきたあたりから疎遠になった。親に借金まるごと払わせたから、仕方ないよね。

札びらで頬を叩くようにして次男坊を家に縛り付けた親の、次なる目標は気兼ねなく可愛がれる孫を得ることだったが、なかなか叶わぬまま二十年という時間が過ぎた。のらりくらりとかわしてきた息子も、五十を過ぎて親を見送る年齢であることに、はたと気づいた。うた子はこれが最後と息子に言い聞かせ、農協の窓口通いをしたのだった。外堀を埋められた状態で迷い込んだ場所は、広いのか狭いのか。

陽紅は、牛や犬猫と人間の子供は違うと言いかけたが、ここではそんな常識もただの飾りと気づき黙った。病院に行けば、指一本触れずに妊娠する方法もあるが、その金はパン屋の開業資金に取っておきたい。この居場所で陽紅が疎まれないようにするために出来ることは、まず妊娠だった。

涼介がいいと言うのだから――陽紅は元夫のアドレスに「欲しいバッグがあるので、お店に行きます」とメールを送った。「おお、元気？　会えるの楽しみに待ってるよ」という軽やかな返信をしばらくのあいだ眺め、はっとして着けてゆく下着を選ぶため寝室に駆け上がった。

翌週、久しぶりに訪れた札幌は、近づきつつある秋の空気に美味しい食べ物のにおいを含ませていた。大通《おおどおり》公園は屋台がひしめくお祭り会場となっており、行き交う人で昼も夜も賑わっていた。

陽紅は料理学校主催の「おいしいごちそうパン作り」講習会を終えて、狸小路にある「アーバンハウス」を訪ねた。ヴィンテージのジーンズにロックバンドのツアーTシャツ姿の男は、人なつこい笑顔で片手を上げた。陽紅も笑顔で左手を持ち上げ、甲を彼に向けた。結婚指輪を見つけて放った「おお」という感嘆も陽気だ。卑屈さも見栄もない代わりに、男にはわかりやすいプライドも見当たらなかった。

「再婚したんだ、やったじゃん」

「そっちも元気でやってるみたいで良かった」

「俺っちは結婚向いてないからね。あれはあれで楽しかったけど」

男がところどころブルーに染めた髪をかき上げた。その爪はオイルで汚れておらず指先も洗剤で荒れていない。これからもおそらく手が荒れるような仕事をしない男は、ご飯に誘うと屈託のない笑顔で「いいね」と言った。

男は、陽紅の新たな夫のことを訊ねない理由を「興味ないもん」のひとことで片付けた。さしあたり「種つけ」の心当たりがこの男しかなかったことに多少の悔いがあるお陰で、情の欠片《かけら》も拾わずに済んだ。ただの種付け作業となっても、おまけのように快楽はついてくる。陽紅はこの褒美を素直に受け取ることにした。

寝具の中でうねうねと泳いでいるあいだ、快楽の突き当たりを見て声が漏れる。男も、一緒に暮らしていた頃よりも陽紅の体を楽しんでいる。

二泊のあいだ陽紅は、秋祭りを楽しみ、酒も飲み、元夫と二晩一緒に過ごした。皮膚や粘膜をどれだけ擦り合っても、気持ちは痛まなかった。種には種の、畑には畑の仕事――自虐的な言葉が浮かんでくる頃、男が帰り支度を始めながら言った。

――ときどきこっちに出てくるの？

――うん、パン作りの講習会にはなるべく参加しようと思ってる。

――また一緒にご飯食べようよ。

――わかった、連絡する。

たった一度で妊娠しないことを祈った。

雪解けが始まった三月、例年はうた子夫婦と涼介で済ませている春のお彼岸に、長男夫婦がやってくることになった。もうずいぶんと調理パンのレシピも溜まっているので、それを披露するよい機会だ。

札幌で催されるパン作りの講習会は月に何度もあるが、町の噂を考えれば一回が妥当だろう。本来の目的が目的なので、そうそう長く続けられないこともわかる。陽紅にとって、涼介の様子にほとんど変化がないのが不気味だった。抱けないから外で、と言って泣いたことなどすっかり忘れてしまったのではないかと思うほど平穏な暮らしが続いている。陽紅が元の夫と月に一度会っていることも、彼は知らない。気づいたとしても、確かめることはしない。そういう人なのだと納得するまでに、元の夫と三度寝た。

長男夫婦がやってくるという前日から、陽紅は数種類のパンの仕込みを始めた。そして「簡単なオードブルなら自分が作ります」と言ってうた子を、「ドリンク剤がなくなったのでお義父さんまたお願いします」の言葉で義父を喜ばせた。

この家での振る舞いを覚えると、陽紅の「良い嫁」ぶりは加速してゆく。自分の首を絞めているという実感はなかった。毎月、講習会で覚えた調理パンをうた子に届け、それをうた子が自慢がてら近所に配り、噂が陽紅の耳にも入ってくる。

――陽紅ちゃん、これならいつでもお店開けるんじゃないの？

――嬉しいです、ありがとうございます。でも、子供も欲しいし、お店はちょっと。

――大丈夫だって、お寺の保育園だってあるし、おじさんもおばさんもあの年でまだピンピンしてるでしょう。恵まれてると思うわあ。

――涼介さんに、相談してみます。なんて言うかなあ。

十年がかりの計画なので、焦る様子を見られることもない。予定の十年が八年、あるいは五年後になったとしても、それは陽紅の「儲け」だ。少しでも若いうちに基盤を得られるのは、それだけ早く身軽になるということでもある。

趣味と男、双方が満たされながらふと気づいたのは、最近聖子に電話する回数が減ったことだった。聖子からはかかってくるが、あまり会話も弾まないまま電話を切ることが増えた。母の反応を気にしてもしなくても、状況が大きく変わることはないのだ。

あとは焼くばかりになったほうれん草のグラタンパンを、家庭用にしては大きめのオーブンに入れた。予熱が首のあたりをかすめた瞬間、男の吐息を思い出した。

先月の講習会は「雪まつり」のせいでホテルが取れず、男の家に寝泊まりした。講習以外は、店に顔を出したり食事をしたり、結局ほとんどの時間を一緒に過ごした。月に一度、懐かしい体に埋もれる時間に慣れてきたと同時に、お互いの快楽も期待に膨らんできている。往来の途中で微かな迷いを見せた男に陽紅は「ピルを飲んでいるから大丈夫」と告げた。

月に一度の楽しみは町での陽紅をますます良い嫁へと変えてゆき、容易に手放せない砂糖菓子は増え続ける一方だ。

初めて会った涼介の兄夫婦は、すでに成人している息子と大学生の娘がいるという。長年連れ添った夫婦なせいか、人前での会話も少ない。仏壇にお参りを済ませたふたりに挨拶をする。久しぶりの実家に他人行儀な態度を崩さないふたりは、陽紅を見て更に表情を硬くした。義兄の啓介と義兄嫁の智代が正座して頭を下げた。

「盆も正月も来られず、ご挨拶が遅れてすみませんでした。弟のところに来てくださって、本当にありがとうございます」

義兄が陽紅に頭を下げているあいだに、智代が水引のかかった祝い熨斗《のし》を涼介の膝近くへと滑らせた。美容室で働いているという彼女の髪には、一筋ピンク色のカラーが入っている。

「本来ならこちらから行かねばならないところです。ご挨拶が遅れて申しわけありませんでした」

自分でも惚れ惚れするくらい良い嫁だ。演じているのか本心なのか、陽紅自身にもよくわからない。ただ、この場でみなが喜ぶ言葉や仕草が、するすると体からこぼれてゆくのだ。舅も姑も顔が皺に埋もれるほどの笑みを浮かべている。これ以上の和やかな風景はなさそうに思えた。

ふたりとも、陽紅が作ったオードブルと調理パンを褒めたたえた。品数は少ないが、オードブルはローストビーフからサラダまですべて手作りである。ことのほか義兄嫁が喜んだのは、ひとくちで食べられるように大きさを揃えた五種類の調理パンだった。

「パン作りが趣味とは聞いたけれど、これは趣味の域を超えてると思う。陽紅さん、本職みたい。すごいわあ」

「喜んでいただけて嬉しいです」

食事の合間、紅茶を淹れようと台所に立った陽紅に少し遅れて、智代がやってきた。彼女の視線に、わずかな憐れみが交じっている。ティーポットにアールグレイの茶葉を入れる際、智代が低く落とした声で囁《ささや》いた。

「陽紅さん、本当にありがとう。お義父さんもお義母さんもとても幸せそう。あなたのお陰です」

憐れみに慈しみが流れ込んだ。このひとことで舅姑の幸せをそっくり陽紅に手渡した智代は、本来自分の負担であったはずのあれこれを陽紅が担ってくれたことについて、「言葉にならないくらい感謝してる」と言って涙ぐんだ。彼女には実家と婚家に老いた親が四人いるのだった。茶葉が蒸れるまでの三分間で、彼女の実母に認知症の症状があることを知った。なるようにしかならないと思う、とため息を吐く彼女の視線はひととき達観に寄り、仏間に座るうた子を経由して陽紅の鼻先へと戻った。

「陽紅さん、なにか困ったことがあったら遠慮なく相談してね」

「ありがとうございます、お義姉さん」

紅茶もいい黄金色だ。うた子に認知症の気《け》が出たときのことを思い浮かべてみるが、上手く像を結ばなかった。介護をしない約束の結婚なのだ。聖子のこととなると、マイクを握って大笑いしながら接客している姿しか思い浮かばなかった。

上機嫌のうた子がとうとう我慢がきかなくなったのか「孫」という言葉を連発し始めた。長男夫婦もそこは触れずに帰りたいのか聞こえぬふりを装っている。陽紅は笑顔を絶やさぬよう気をつける。最近は無理をしなくても微笑むことが出来るようになった。

お開きの気配が漂う頃、残ったオードブルの中身をプラスチック容器に詰めた。パンも英字新聞を模したクラフト紙に包み、街のパン屋と変わらぬラッピングにする。百円ショップで仕入れた籠に詰めれば、見栄えの良い土産に変わった。

うた子は陽紅の自慢をすることでやんわりと長男の嫁を牽制《けんせい》するが、たった数時間の交流では嫌味すら浮かれた行事《セレモニー》へと変わり、表情はみな穏やかだった。

「次に会うときは、陽紅ちゃんのおなかが大きくなってるかもしれないよ」

長男夫婦の車を見送る際、近所に響き渡りそうな大声でうた子が言った。全員が微笑んでいた。

その夜、陽紅は言語化できない心もちを取り出し、改めて今日一日を眺めてみた――表面にうっすらとした気味の悪い粉がまぶしてあった。

今日も明日も明後日も、陽紅は涼介が寝室へ入ったあとの時間を好きに使う。近所のおかみさんたちが訪ねてくることもないし、不意に届けられた惣菜に戸惑うこともない。パンの匂いを嗅ぎつけたうた子の友人が「うちにも分けてちょうだい」とやってくることもない。いつの間にか九時から午前一時までの四時間が、一日のうちで最もくつろげる時間になった。

翌日、眠気が残っていれば、涼介が出勤したあと、洗濯機を回しているあいだに横になればいい。長閑な一日の更に長閑なひとりの時間、ラグマットの上でクッションを抱きながら映画を観たりリラクゼーション音楽を集めたり、男の肌を思い出したりした。

明日の朝焼く予定のロールパンを成形し終わり霧を吹く。ふと、日中の自分は地域という会社に「出勤」しているみたいだ、と思い至った。台所の粉を拭き取りながら、ぼんやりとその思いに漂ってみる。仕事と割り切ればいいのだと気づき、無意識に頷いていた。お気に入りのラグマットの上で、最近覚えたヨガのポーズをひとつふたつ、呼吸を整えながら楽しいことを考える。

今月末に予定している講習会は、料理学校で催される「美しく焼くクロワッサン」だ。店の顔となる大切な技術、何が何でも受けたい。ホテル代をそっくり小遣いに出来ると気づいてからは、男に「泊まらせて」と言うことにもためらいがなくなった。男の返事は何につけ「いいよ」だ。男たちの「いいよ」は同じ音でありながら、まったく違う響きがした。涼介の「いいよ」には捨てたり失ったり押し込めたプライドが漂い、元夫の「いいよ」には責任を伴わないゆえの朗らかさがある。ひとりの男に両方を求めるのは難しそうだ。そう思うと母の男性遍歴もなるほどと頷けた。聖子は、ひとりの男に両方を欲したため、次へ踏み出さざるを得なかった。陽紅はいま、自分が難なく両方を手にしていることに満足した。

いつしか自分が「ようこ」から本来の名前である「ピンク」へと戻っているようだった。「ようこ」でいることは自ら決めたことだったけれど、結婚、離婚、再婚の時を経て、生まれたときに与えられた名へと還《かえ》ってゆくこともあるのだろう。想像力の限りを尽くして、この穏やかな生活に赤ん坊の泣き声が響くところを思い浮かべてみた。半年前とは、少し趣《おもむき》の違う自分がいた。

子供のいない生活を、ひとりきりの四時間を、もう少し楽しみたいかも——前屈で、一週間前には届かなかったつま先に指が届くと、ちいさな達成感が陽紅の背を押した。

「よし、もう少し」

月に一度の札幌通いに欲が出た夜、陽紅は産婦人科へ行くことを決めた。

翌日、車で二時間半ほど離れた釧路まで足を延ばしたのは、低用量ピルを処方してもらうためだった。帯広ではいつどこで知人に会うかわからない。産院にいたとなれば、その噂は瞬く間に町内に知れ渡ってしまう。妊娠の噂が出てからでは遅い。

待合室で月刊女性誌をめくりながら順番を待っていると、受付ナンバーが読み上げられた。検査用トイレで検尿カップに尿を採ってガラス窓の前に置くようにという指示が出る。個室にはすでに受付ナンバーが記された白い紙コップが置かれていた。陽紅は張り紙にある手順どおりに尿を採り、指定された場所に置いた。

長い待ち時間を経て診察室に呼ばれたのは、昼時も近くなってからだった。明るい診察室で、静かな笑顔をたたえた女性医師が座っている。年齢は陽紅より少し上だろうか。

「片野さん、生理痛と月経前緊張症のため、低用量ピルをご希望と問診票にありましたが」

「はい、毎月きつくて」

彼女は表情を変えず、感情のこもらぬ声で言った。

「妊娠されていますよ」

耳の奥が塞がれたように音が遠くなった。最初に思い浮かんだのは、月末の「美しく焼くクロワッサン」の講習会はどうしようということで、その次はなぜか男の部屋の窓辺にあった昼下がりのサボテンだった。

昨夜心に描いた今日は、ただの砂糖菓子だったのか。ほんの少しの湿気に、簡単に風味を変えてしまう菓子——今までこね続けた小麦粉の、焼き上がりが見えてきただけだ、と自分に言い聞かせた。一次発酵、二次発酵——目に見えるかたちは予想どおり、予定どおりとなった。少しも嬉しくなかった。

帰路、解け残った沿道の雪がやけに光って見えた。平野を囲む山々にも雪が残っている。町へ戻る、どこまでも続きそうな直線道路を走りながら陽紅は懸命に考えた。

この道は果たして、戻る道なのか往《ゆ》く道なのか——

長い直線道路の中央には、午後の日を浴びた白線が続いていた。

第三章　乃理

階段と台所の蛍光灯が切れた翌日、後を追うようにテレビが映らなくなった。

テレビ画面そっくりに、乃理の頭の中も真っ暗になる。リモコンを振っても叩いても、ため息をいくつ吐いても『あさイチ』は戻って来なかった。もうずいぶん前から画像がぼやけていることは子供たちの会話で気づいていたのだが、知らぬふりを続けていた。からりと晴れた七月の朝、音のない広場に放り出されたような心細さが四十インチの液晶画面に映り込む。途方に暮れた自分の姿だ。

家電が不調になるたびに、一か月の食費を一単位にして換算する癖がついた。冷蔵庫なら半年分、洗濯機なら三か月分。切り詰めるものは食費しかないというのは、貧乏暮らしの長かった母の口癖だった。いつの間にか自分もそれを引き継いでしまったらしい。

高一の長男、聖也《せいや》はスマートフォンがあればいいという。しかし下の子ふたりについてはそうはいかない。せがまれて衛星放送に加入したのも、中一の次男と小四の長女がスポーツ中継やどうしても見なければならない音楽番組があるという理由からだったのだ。

人気若手俳優が朝ドラの主役をやっていた時期は、七時半からの衛星放送が時計代わりだった。娘の話を聞いていると、まるで横町のおばさん顔負けの井戸端会議だ。「知らない」ことが罪でもあるかのような扱いを受けるとは、まったく子供たちの世界には寛容さがない。スマートフォンは中学に入ってからと言い含めてはいるものの、子供は無意識に親の弱みを探すので厄介なこと、この上ない。

どうすんの、これ——

乃理は絨毯の上にできた日だまりにリモコンを放った。このリビングに我が家の日当たりのすべてを頼り、次の間の和室はクローゼット家具で窓を塞いでいる。ふすまを閉めれば夫婦の寝室になるのだが、毎日の布団の上げ下ろしも最近はきつい。十年暮らしている借家の二階は六畳二間で、子供部屋とはいえ高一と中一の兄弟相部屋には夫の徹《とおる》とふたり、眼を瞑っている。

これを機に大型テレビを買おうという声が上がるのを阻止する方法は、預金通帳を開いて一か月の生活にこれだけかかると見せるしかない。家電に訪れた寿命は、朝からそんな想像をするほどに気が滅入る。量販店でセールの札がついたものを探すのはいいとして、家計を預かる身としては買えばどこか切り詰めなくてはいけないのだ。真っ暗なテレビ画面が家族のレジャーをまるごと飲み込んだ朝だった。

乃理が、家族をそれぞれ職場と学校へ送り出してさっさと家事を終えられたのも去年くらいまでだ。四十四歳というぞろ目を迎えた今年は、何かと体を休めがちになっている。リモコンと一緒に、やる気まで日だまりに放ってしまったらしい。気づくと首筋を揉んでいる。

疲れも脂肪も溜まるようになった体は、幼い頃から「痩せたね」と言われても「痩せているね」と言われたことがない。電話で親に乃理を紹介する際の徹が「中肉中背をひとまわり膨らませた感じのひと」という表現をしたときも、苦笑いするしかなかった。

家から歩いて五分の場所に出来たパスタ専門店で、ランチタイムのアルバイトを始めてから二年が経つ。平日、昼間の三時間をまかない付きのパスタ店で働き、店の経営母体である仕出し弁当屋から折り詰め作業の要請があったときは、夜明け前に家を出る。家族の食事の支度に支障がないよう働くには、時間の切り売りしか方法がないのだった。時間は切って売れるのだが、いくら働いても体重が落ちないのが悩みの種だ。

階段はそのままでもしばらくいいとして、台所の明かりがないのは困る。包丁の先が見えないのでは、危なくてしょうがない。

仕方ない、帰りに買ってこよう——首をぐるぐると回していると、うなじのあたりで砂の音がした。

身支度を整えて家を出るばかりになってから、携帯電話の画面を開いた。母のサトミから着信はない。こういう日は乃理から掛けるのがここ数年、約束事になっている。サトミの物忘れがひどくなり、認知症の診断を受けたのが去年の秋のことだった。道央に住む姉の智代と連絡を取り合いながら、老親ふたりの生活を気に掛ける生活が続いている。

若い頃は、子供が生まれるたびに実家を頼るのがあたりまえだと思っていた。逆に親が自分を頼る日がやってくることなど、頭ではわかっていても現実として捉えられなかった。

「ママ、今日は元気なの。今日も家にいるの？」

「うん元気、ずっと家にいるよ。乃理はどうなの」

「台所と階段の蛍光灯が切れちゃってね、さっきテレビも映らなくなった」

寿命、という言葉をこぼしそうになり慌てて口を閉じる。サトミは「あらぁ」と言ったきり「あ」の音を飽きるくらい延ばし続けた。

「階段はともかく、台所はなんとかしなくちゃいけないなって思ってさ」

「ああ、そうなの」

もう、蛍光灯が切れた話をしていることを忘れているようだ。出来るだけ、サトミが興味のある話を振らなければいけない。こんなときは、父の猛夫《たけお》について訊ねるようにしている。

「パパは何してるの」

辺りを見回している気配が伝わってきたあと「いない」と、サトミが不満そうな声を出す。

「捜してごらんよ、台所か、二階か、トイレか。パパがママを置いて外に行くなんてことないでしょう」

それでもサトミは父が居ないと言い張った。サトミの話に付き合っているといつも、父が大昔に家庭を顧みなかった時代にまで遡っての苦労話になっていく。最初は着地点のない話に付き合っていたが、最近は気力が続かない。

「あとでパパに電話掛けておくから。ママを置いて外に出ないでねって」

「うん、お願いします」

そのときだけは、少女のような声になった。

どんな苦労話も、サトミにとっては華やかな女の時代のひとこまであり、人生のよりどころなのだ。妊娠中に発覚した浮気の話、家に戻らない猛夫を迎えにゆくため子供の手を引いて女の家に乗り込んだこと、初めてもらった真珠の指輪の話、つらくて通った新興宗教の道場の話、そこで知り合った男性信者に色目を使われた話——猛夫はいっとき自分を放って外の女に気持ちを移したけれど自分もそう捨てたものじゃなかったはずだ、という話にたどり着くまで延々と続く。

サトミの物忘れは昨日食べたものやさっき食べた朝ご飯、あるいは彼女の興味のない話に偏っており、猛夫や娘たちの幼い頃の話になると途端に生き生きとする。日常的になった「ご飯を食べていない」という強迫観念は、四十代で患った糖尿病で「食べてはいけない」恐怖感を味わったことの裏返しではないだろうか。

いつの間にか、母の様子は母との電話だけではまったくわからなくなった。

「じゃあ、仕事に行ってきます。ママも風邪ひかないようにね」

「うん、乃理ちゃんも気をつけてね」

良かった——サトミはまだ乃理の名前は覚えているようだ。

姉の智代が「自分は名前を忘れられているようだ」と漏らしたのが春のことだった。長男が受験に受かってお祝いをもらったお礼に電話を掛けたときぽろりと漏らした。

——母は持ちたい荷物だけ持てるようになったんだなって思った。

――それ、どういう意味?

――名前を忘れてもらって、なんかほっとしたというか。わたしは彼女にあんまり負担をかけてないのかなって。

常々、実家に寄りつかない姉のことを夫の徹にこぼしていたが、この日だけは本人に鬱憤をぶつけた。

――あのね、いつも思ってたんだけどその「母」とか「彼女」とか、そういう呼び方はどうかと思うのね。若い頃はパパとママって呼んでいたじゃない。それがどうして四十過ぎて「ちちとはは」なわけ。それに「荷物」って何。名前を忘れられるくらいに放っておいた自分のことは棚に上げて、毎日電話してママの愚痴を聞き続けているわたしを「荷物」って言うわけ?

――何をそんなに感情的になってるの。わたしが好んで放っておいたんじゃないって乃理さんだってわかってるでしょう。わたしにとって親に必要とされてなかった時間は、褒美みたいなもんだったの。今後のことは話し合って決めていこうって相談したばかりじゃないの。出来ることをしていこうって。あなたはあなたで一生懸命に親と付き合ってきたんだから、それでいいこともそうでないこともあったわけでしょう。何を今さら。

――お姉ちゃんは、呼び名を変えることで関係も変わると思ってるかもしれないけど、パパはパパだしママはママのまんまなの。わたしのことも乃理さんって呼べば半分以上他人になれると思ってるかもしれないけど、わたしたちが姉妹ってことは昔も今も変わらない事実なんだから。

姉が呆れたような口調で「こういう話、やめようよ」と漏らしたところで、乃理のほうから電話を切った。お礼の電話だったはずが、なぜ言い争いになってしまうのか。あの会話以降、こちらから電話を掛けていない。夫の徹にこぼせば「腹が立つっていうのは、まだ仲がいいって証拠だよ」とのんびりした答えが返ってくる。

みんな、わかってないなぁ。

父は長女の智代を高校に上げないで理髪師にした負い目から、高校卒業後の乃理を経理専門学校へと進ませた。考えてみれば、それもいずれ父の事業の片腕となる予定の進学だった。姉は理髪師になって人生を半分取り上げられたと思っているかもしれないが、乃理にしても会社とは名ばかりの父の事業に取り込まれたひとりだったのだ。案の定、娘を雇うほどの体力もなく、乃理は札幌の住宅メーカーへと就職した。

お互い、やってらんないよねえ。

そんな言葉を言い合うにはまだ、姉妹の仲はぎこちない。いつ解けるかわからない氷をあいだに挟んでいるような関係は、血縁であるというだけで冷える一方だ。

念のためにと実家の固定電話に掛けてみる。この春、固定電話に掛かってきた商品勧誘で高い洗剤を三度も買って父に叱られてから、母は携帯電話以外には触らなくなった。

呼び出し音三回で、父が出た。

「どうした、何かあったのか」

「いや、ママの携帯に電話したらパパがいないって言うから心配になって」

「これは俺がおかあちゃん放ってパチンコに行ったかどうか確かめる電話か」

「そういう言い方ないと思うけど。心配して掛けてんだから」

「嫁に行った娘に心配かけたことなんか、ただの一度もないはずだ」

なにかというと乃理の揚げ足を取る癖は何十年も変わらない。この程度のことでめげていたら、この父とは付き合ってこられなかった。常に喧嘩腰の彼にも弱い部分はあるはずで、そこを補い合っての親子だろうと信じている。乃理は、姉と実家を出来るだけ穏やかに取り持つ役を引き受けてきた。母は長女の不在を乃理に求め、乃理は姉の不在を母に求め、ふたりで父のわがままな生き方を支えてきたのだ。

「パパのお陰で、わたしもお姉ちゃんも自分の家族を大事に出来てます。それはわかってるから。いつもありがたいと思ってんだから。そんな風に言わないでよ」

先ほどの母との電話を父がそばで聞いていたと知り、体から力が抜けそうになる。母が父を居ないと言った事情を訊ねた。

「朝起きたら何年も前の甘納豆の袋を見つけて食ってやがった。中身なんか黴が生えてまっ白だっていうのに。こんなもん食って腹でも下したらどうするんだって叱りつけたらふて腐れて、俺の顔を見ようともしない。それだけだ」

「そうだったの。パパも毎日大変だよね、ありがとうね」

ねぎらいは、そのまま自分へ向けても言っているのだった。今のところ乃理にこのひとことを言ってくれる人間はいない。それでも人に向けて言っていれば、いつか自分にもその言葉が返ってくると信じている。

乃理がこうした考え方をするのも、幼い頃に母に連れられて通った新興宗教の名残だった。道場通いに熱心だった母を追いかけ、いつも母の隣で他人の苦労話を聞いていた。泣きながら煩悩について語る大人たちの姿が今も脳裏から離れない。自分の欲望を優先させると、あとで必ずしっぺ返しがくるのだ。上手く世渡りしているように見える人だって、見えないところに大きな欠落を抱えているはずだ。

「いつも同じこと言って申しわけないけど、パパの体も大事なんだから無理しないでね。きつくなってきたらいつでも言ってよ。わたしもお姉ちゃんも、出来ることはなんでもするって話してるんだからね」

うん――怒りの矛を収めた父の、低い返事を聞いて通話を終えた。

無意識に長く大きなため息を吐いてしまう。体からすべての呼気が失われて、結局また吐き出すための息を吸い込んでいた。

夕食後、テレビの不在に文句の止まらない子供たちに付き合いきれず、ソファーでうとうとしていたところに、夫の徹が帰ってきた。函館朝市にほど近いビジネスホテルに職を得て、去年からは主任に昇進した。もうしばらくはこの地を動くこともないだろうという。函館で子供たちを育て上げると決めた夫は、札幌の建築事務所で受けた人間関係の痛手からすっかり立ち直っているように見えた。それでもときどき、乃理は夫に「あんまり頑張らなくてもいいんだよ」と言う。そのたびに三つ年下の徹は素直に「ありがとう」と返してくる。徹が背中のリュックを下ろし、着ていたランニングウエアを脱いだ。汗で重たくなったシャツを受け取る。

「おとうさん、絞ったら汗がこぼれそうだよ。水分補給はちゃんとしてる？」

風呂場へ向かう徹を追いかけ、着替えを渡す。徹の背中は汗で濡れ、電灯の下でも光っている。通勤をランニングにしてからの体は引き締まり、札幌で出会った二十代の頃に戻ったみたいだ。

建築事務所への就職が決まっていた徹とは、住宅メーカーのコンパニオンをしていたときに知り合った。年下の好青年、の印象は今も変わらない。けれど、最近はその「変わらぬ好青年ぶり」が負担になっている。

ひとりふたり、そして三人目の子供が生まれ、父になっても彼は「好青年」のままだった。子育てを手伝ってくれるけれど、広く大きな心は乃理以外の他人に向けられるそれと大きく違わない気がするのだ。子供の夜泣きで母親の自分が泣きたくなったときは、一緒に子供をあやしてくれた。風邪で動けないときは、食事の支度を買って出る。しかし最近はそれも、親しいご近所付き合いに似た優しさではないかと思ってしまう。疑う余地のない優しさは、万人に向けられた「親切」に似ていた。

建築事務所で夫が受けた精神的な圧迫は、内容を聞けば子供のいじめにも似たものだったが、たった三人の事務所でいったい何が原因であったのか、乃理は知らない。言いたくない徹の口を無理に開かせることはしなかった。聞けば黙ってはいられなかったはずだが、そこで彼の自尊心を壊しても何もいいことはないというのが乃理の判断だった。

その代わり、ふたりで次の就職先を探した。他人と密な付き合いを強いられる密室の職場は避けようということで、敢《あ》えて接客という分野を勧めたのは、乃理自身が住宅メーカーのコンパニオンという経験があったからだった。常に動き続ける一期一会に軸足が定まっていれば、日常の職場問題も優先順位が客になり、外へ向けられるはずだというアドバイスを、徹も素直に聞き入れた。

思い返してみれば、自分たちが「男と女」ではなくなったのも、あの頃だった気がする。長男を産んですぐに、乃理の呼び名は「おかあさん」になった。ほのぼのとしたその呼び名が誇らしく嬉しくもあったはずなのだが、精神的にも肉体的にも若さを取り戻した夫にそう呼ばれると、いまや家族全員から「おかあさん」と呼ばれる自分だけが女の坂を下っているような焦りが生まれた。

徹は仕事のある日は昼も夜も、ホテル内にある和食店のまかない飯で済ませて帰ってくる。乃理が徹のためにしていることは、毎日ランニングウエアの洗濯をすることと寝床を整えること。ときどき「下宿のおばさん」という言葉が頭に浮かんできて慌てて首を振る。自分を蔑《さげす》んだら、そのあとは哀れむ感情が降ってくる。

徹は酒を飲まない代わりに、毎日たっぷりとヨーグルトドリンクを飲む。毎日のことなので、紙パック入りの安価なものを用意してあるが、ときどき生産地限定の珍しいブランドのものを見つけて買っておいた。帰宅して冷蔵庫に高価なパックを見つけたときの徹を見るのが、乃理の楽しみでもある。夫が下戸《げこ》なせいか、乃理もいつの間にか酒を口にすることはなくなった。会社員時代は酔い潰れたこともあったはずだが、それも遠い記憶だ。今はもう酒を飲む機会も失われたが、飲みたいと思ったこともないのでうまいかどうかも想像できない。

台所と階段の蛍光灯を両方とも取り替えたことを報告したあと、テレビが映らなくなったことを付け加えた。

「全然映らないの？　どうしたのかな」

「壊れたんだよ。プラグを抜いたり入れたりしても、うんともすんともいわないの。そういえばテレビって、いつもこんな風に壊れたっけなぁって思い出した。もうけっこう長いこと画像がぼやけていたしね。気づかないくらいに少しずつだったけど」

「なければないで、静かだね」

「子供たちはぶーぶー文句言ってる。テレビがないと、すぐ部屋に行っちゃうんだ。静かな理由はそっちだと思うよ」

徹は喉を鳴らしながらコップに注いだヨーグルトを飲む。

「いいね、こういう静けさ。仕事場にはいつも同じようなBGMが流れてるから、家に帰ってきて静かだと、すごく贅沢な気がする。お客様には静かな空間を提供しなくちゃいけないけど、僕たちはけっこういろんな音に囲まれながらやってるんだよね」

雨が降っても雪が降ってもランニング通勤を続ける徹が、走っているあいだ何を考えてい

るのかを問うたことがなかった。前職の記憶を整理しているのか、今をやり過ごす手段とし

ているのか、それとも一足ごとに家庭から離れ、一秒ごとに家庭に戻ってくるための儀式なのか。

「じゃあ、しばらくテレビ買うのよそうか」

「子供たちが納得するかな」

「納得しないときは預金通帳見せておけばいいって」

笑い話にするつもりのひとことに、徹の表情が曇った。

「違う違う、そういう意味じゃなくって」

そういう意味じゃないことはわかっている。乃里は冷えた気持ちで、その場を救わないひとことがぽっかりとふたりのあいだに浮かぶのを見つめる。コップの内側に白くヨーグルトの膜が張られていた。どこまで注ぎどんな道筋で飲まれたのか、過程のわかる足跡だ。目盛りがないならないなりに、振り返ったときにはっきりと見えるような足跡が欲しくなる。ふと、この静かな夜に夫の内側をのぞき込んでみたくなり問うた。

「ねえ、ランニングしながら、どんなこと考えてるの？」

「車の邪魔にならないようにしなくちゃとか、今日は体が重いなとか軽いな、とか」

「それだけ？」

徹が「たぶん」と言葉を濁したあと、ふと思い当たったような表情になる。

「ああ、何も考えたくないから走ってるようなところもあるよ」

「そうか、なるほどねえ」

もう、何も訊けなくなった。今まで乃理がよかれと思ってしてきたアドバイスも手助けも、この人にとって「考えたくないこと」の範疇《はんちゆう》だったら——静かな夜、ちいさな炎が揺れながら先に伸びてゆくような、心細い不安が胸奥に点《とも》った。

ふたりのあいだには、ヨーグルトを飲み干したあとのコップがひとつあるきりだった。

徹が布団に入ったあと、眠気がやってくるまでのあいだ乃理は姉の携帯電話にメールを送る。直接話すことはなくても、やはり報告と情報の共有は大切だろう。返信が来るのは三回に一回ほどだが、こちらから連絡を絶たぬことで頑《かたく》な態度もいつか解けると信じている。

——お姉ちゃん、元気ですか。今朝久しぶりにパパと電話で話しました。ママとの会話で、パパがどこかへ行ったというので気になって家の電話に掛けたら、近くにずっと居たんだって。古い甘納豆食べて叱られたもんだから、居ないって言ったみたい。ママのささやかな抵抗が可笑しかったです。

見守るというより無関心に近い智代へ、自己満足のようなメールを送る。この先、母の症状が進んだときのことを、まだゆっくり話し合っていないことが気がかりだった。

一学期を終えた子供たちも半ばテレビを諦めたようだ。部活のない日は乃理がアルバイトに出る直前に起きてくる。夏休み五日目、観光客が溢れる街を雨雲が覆い、朝から薄暗かった。

子供たちのために、いつでも食べられるようにといなり寿司を作った。油揚げは味付けされた出来合いだが、おにぎりよりも受けがいい。皿に山盛りにして、ラップをかけたところで携帯電話が震えだした。サトミからだ。はいはい今日も元気ですか——最後まで言い終わらぬうちに、甲高《かんだか》い母の声が響く。

「乃理ちゃん、乃理ちゃん、乃理ちゃん」

「どうしたの、何かあったの」

「乃理ちゃん、乃理ちゃん」

電話片手にどうにかこうにか、泣いている母をなだめる。まずは何があったのか聞かねばならない。

「落ち着いてママ。どうしたの、何かびっくりしたことあったの？　だいじょうぶだから、わたしに教えて。ね、だいじょうぶだから」

だいじょうぶ、はこんな場面で使う言葉だったろうか。いや、そんなことよりも母の泣き声だ。

「パパ、歩けないって。パパ、歩けないんだって」

どすん、と胸に大きな石を落とされたような衝撃がくる。吐ききった息をどうにかこうにか胸に戻し、訊ねた。

「パパは、話せるんだね？　歩けないだけなんだね？　ママ、この電話をパパの耳に持っていってくれる？」

うん、うん、と言いながら、携帯電話は父の口元へと移動したようだ。うろたえる母と、母の泣き声をどうすることも出来ない父の姿が見えるようだ。胸に落ちた石がどんどん膨らんでゆく。

乃理か——普段のつよい口調ではなく、擦《かす》れ気味の声だ。

「パパ、どうしたの、何があったの？」

「天井が回って、動けない。目を開けたら部屋中振り回されそうだ。さっきからずっと吐いてる」

「救急車呼んでよ」

叫んでいた。うろたえた母が頼った先が救急車でも近所でもなく、休まず車を飛ばしても八時間かかる場所に住む娘だったことが、更に胸の石を重たくする。毎日連絡を取り合っていたことも、頼り頼られしてきた時間も、こんな事態の前ではただの飾りに思えてきた。

「おかあちゃんが、慌てちまって、救急車呼べない。怖がって、外にも出られない。こいつ本当に馬鹿に——」

「一、一、九って、言って」

電話の向こうで父が嘔吐している。乃理は通話を切った。どうにかしなくちゃ。手の中の携帯電話を数秒見つめた後、一一九番を押した。

「この電話から、釧路の救急車をお願いすることはできますか」

どういう状況かを問われ、いま耳にしたことが出来るだけ短く正確に伝わるよう言葉を選んだ。乃理は、教えてもらった釧路の防災センターの番号をメモし、礼を言って切った。たった今聞いたばかりの番号に掛ける。手順を踏むほどに冷静になっていった。胸の石は容易に消え去りそうもないが、どうにかこうにか実家へ救急車を飛ばしてもらうことは出来そうだ。要請中に訊ねられた「隣の家の名前」が答えられなかったことに、愕然《がくぜん》としたものの、父の生年月日と住所、かかりつけの病院名がすらすらと出てきたことには満足する。実家の電話番号を訊ねられたが「母は認知症で、事情があり固定電話に出ない」ことを伝えると「わかりました」と返ってきた。

再び携帯電話を持ち、サトミを呼び出す。この頼りない機器が母とのあいだの唯一の通信手段なのだった。母が携帯電話をどこかに置き忘れたら、もう連絡を取る方法がないのだと思い至り胸の石が更に重たくなる。

「ママ、もう少しでそっちに救急車が行くから、びっくりしないでね。だいじょうぶよ。お願いがひとつあるの。携帯持ったまま玄関に行って、鍵を開けて欲しいの。出来るよね」

「うん、うん」

サトミが玄関の鍵を開ける音を確認する。

「いい？　救急車が来たらパパの着替えと保険証を持って一緒に病院に行くんだよ」

「うん、うん」

この通話中に何を指示しても、うろたえている母には通じない。高血圧と糖尿を患っている母は、救急車を呼んでもらったことはあっても、呼ぶ側になったことはないのだ。老いて判断力のなくなった母は、まるで小学校に上がる前の幼児だった。

「パパの様子はどうなの。まだ吐いてる？」

サトミは携帯電話をどこかに置いたまま「パパ、パパ」と叫んでいる。乃理は「携帯持って」と怒鳴った。喉に切れたような痛みが走る。子供が悪戯をしたときにだって、こんな大声を上げたことはなかった。

母が救急車に乗り込む準備をしている様子はない。放り出された携帯電話は母の「パパ、パパ」を拾い続ける。

携帯を耳にあてたまま居間の真ん中で立ち尽くしていたところに、長男の聖也が階段を下りてきた。

「どうしたの、何かあった？」

「じいちゃんが、めまいを起こして動けない。いま救急車呼んだところ。ばあちゃんがうろたえちゃって」

携帯電話の向こうの様子を窺《うかが》っていると、玄関チャイムが鳴った。

「来た、救急車が来た」

携帯を持ち直したサトミが、こちらに向かって「どちらさまですか」と問う。

「ママ、救急車が来たから、早く用意して。この電話、隊員さんに渡して、お願いだから」

乃理の指示で携帯電話はサトミの手から救急隊員へと渡った。父は自分の名前は言えるがめまいがひどくて動けず目も開けられない状態であるという。

「かかりつけの病院と連絡が取れ次第、そちらに搬送いたします。病院からの連絡は、この電話番号をお伝えしてもいいですか」

もちろんですお願いします、と見えぬ相手に頭を下げる。いつしか目からぽたぽたと涙がこぼれていた。通話を終えた携帯を両手で握りしめ、しばらく内側から溢れる震えと戦ったあと、乃理は大きめのエコバッグに着替えと洗面道具を放り込んだ。

「おかあさん、どこに行くの」

「じいちゃんのところ」

「容体がはっきりしてからのほうがいいんじゃないの」

長男の大人びた口調にドキリとして顔を見た。いつの間にか乃理よりずいぶんと背が高くなっている。

「そうかな」

「うん、このあいだ授業中に生物の先生がめまいを起こしてすごい勢いで倒れたんだ。一瞬死んだのかと思うくらい派手な倒れ方だったよ。すぐ救急車呼んで運ばれてった。なんとかっていうめまいの発作だったらしいんだけど、帰りの学活の頃にはもうおさまって、家に帰ってたって」

だから、おかあさんも様子を聞いてから動いたほうがいい、と言う。子供はいつの間にか大きくなるものだと感心しながら、子供のようになっているサトミのことを考えるとまた目が熱くなってきた。

すぐにでも駅へと急ぎたいところを堪え、バイトに出る準備を整えた。普段どおりの生活をしながら次の動きを決める、というアドバイスをしたのが息子だったことに、うまく言葉にはならない思いが湧いてくる。

これが、夫の徹だったらなんと言うだろうか――乃理の内側に降り積もった不満とも言えない細かな粒が塊となって膨れる。

――すぐおとうさんのところに行ってあげなよ。おかあさん心細いと思うから。僕たちのことはなんとかなるから、気にしないで。

徹は二十歳で母親を亡くしているので、妻の親のことになると過剰なほど親身だった。

――僕は親孝行したくても母がいないし、父は新しい奥さんと子供もいるから。

そんな前置きのあとは、思わず頭を下げたくなるような言葉が続くのだが、近頃そのどれもが不思議なほど乃理の胸には響いてこないのだった。

午後二時、仕事中ほとんど上の空だったことを店主に指摘され平謝りでバイト先を出た。通りに出たところで電話が震え出す。サトミだ。

「いま点滴終わったの。乃理ちゃんに連絡しろってパパが言うもんだから」

「容体はどうなの？　入院？」

立て続けに質問してはいけないとわかっていても、止められない。

「パパ、もう家に帰るって。だいじょうぶだって。ほら」

母に代わって、父の声が滑り込んでくる。

「心配かけたな。お前のお陰で助かった。俺はこれから家に帰って、保険証を探さないといかん。おかあちゃんに聞いたって、どこに仕舞ったもんだかさっぱりわからん。めまいなんか起こしてる暇ないんだよ。家に帰っておかあちゃんの飯も作らないと」

彼流の照れ隠しなのか虚勢なのか、あるいはどちらもなのかわからないが、その言葉を聞いて、いっとき乃理の胸にどっしりと居座っていた石がすっと足からアスファルトに吸い込まれていった。

その夜、帰宅した徹に実家のことを報告していると、ヨーグルトを注いでいた手の動きが止まった。責める風でもなく、徹はとても穏やかな口調で言う。

「なんですぐに行ってあげなかったの」

「行こうと思って腰は浮いたんだけどね。聖也に様子をみたらって言われて我に返った感じ。本人は帰るってきかないんだけど、とりあえずひと晩入院して、検査をすることになったみたいよ」

それでも、と徹が食い下がった。

「連絡を待って様子をみていたら、もう遅いときってのがあるんだよ。僕、今でもあの日どうして母の入院先に寄ってから学校に行かなかったんだろうって思うんだ。大事なかったってのは、今日たまたまってこともあるからさ。後悔しないためにも、そういうときはすぐ行ってあげなよ。こっちのことはなんとかなるんだから」

徹の母は、彼と二歳離れた妹がまだ幼い頃から、入退院を繰り返していたという。四十代で妻を亡くした義父は、今は陶芸教室で知り合った同い年の女性と再婚していた。

昼間予想したとおりの言葉だった。恐ろしくまっとうで、善意に溢れておりぶれがない。なんていい人だろうと思った過去に悔いはないし、今もやっぱりこの健全な考え方に惹かれてはいるのだけれど、なんだろう――なんだろう。

ひとたび言語化したら、たちまち自分が汚れてゆくような気がして総毛立った。こんな人になりたい、と思いながら暮らしてきた時間がひどく遠くに思えて、乃理は数秒目を閉じた。

徹は人として、何ひとつ間違ったことは言っていない――自分はもしかしたら彼の「何ひとつ間違っていないこと」がきついのではないか。そう思ったところで、美しく撚《よ》られていた何本もの糸の、細い一本がぷつんと切れた。乃理の肌のごく近いところで切れたので、徹からは見えないだろう。一本切れたところで、家族の有り様に大きな影響はない。数分経てばもう、どの糸が切れたのか乃理のほうでもはっきりしない。細い糸が一本切れた、という記憶がひとつ残るきりだった。

猛夫のめまいは、特に病名がつかなかった。めまいの発作を起こす病気があるのでもなく、ほかに考えられる原因もないという。強いて言うのならストレスだと聞いて、今度は喉に石が詰まるような思いに襲われた。

退院後に掛かってきた電話で、検査結果を説明する父の声がいつもより気弱に響く。日頃からこのくらいのテンションだと助かる、と思いながら一泊の入院でサトミがすっかり塞ぎ込んでしまったという報告を聞いた。

「俺が入院するって言ったって、着替えも用意出来ないし保険証も出せない。俺もがっかりしたけど、本人はもっとがっかりしてるようだ。あれから朝晩泣かれて困る」

「なんで泣かないといけないの」

「情けないそうだ。あとは俺が先に死んだらどうすればいいって聞かれる。その点についてはあいつ以上に俺のほうが心配だ。おかあちゃんをあんな状態で遺《のこ》して逝くなんて、死んでも死にきれない」

縁起でもない、と言いかけて口を閉じた。

ここから先は、縁起を担いでいる場合ではないのだった。親の口から、とうとう冗談抜きの「死んだら」話が出た。今までも何度か聞いた台詞だったが、今度ばかりは気配が違う。風邪をひいても薬を飲まず、膿《う》んだ奥歯もペンチで抜くような父が、たった一回のめまいで母を遺して死ねないと言うのだ。

「ごめんね、心細い思いさせて」

つるりと口から滑り出た言葉に、乃理自身が驚いていた。謝罪も思いやりの言葉も、思う前に口から出てくる。ざわざわと首筋に冷たい汗がにじんできた。

「俺も、年かなあ」

「もう、無理は出来ないんだよ。行けるもんなら行ってあげたいんだけどな。ママ、心細いんだろうな」

喉の詰まりは続いていたが、言葉はあっさりと出てくる。頭と口と心、のどれもが分離しているのがわかっていても、止められない。頭には泣いている母の像が浮かび、胸の内側ではうっかり背負い込んだ現実的な荷物を疎《うと》み、口はひたすら「良い娘」を全うしようと動くのだった。徹のように屈託のない善い人になりたかった自分が、家のどこかにうずくまってこちらを見ているような居心地の悪さだ。

「嫁に行った娘に世話になることだけはしないでおきたいと思ってたんだが」

「嫁に行ったたって何だって、親は親だもん。お互い心配するのはあたりまえだよ。パパ、心細いようだったらいつでも行くからね」

行けないときの自分には、ちゃんと理由があるのだ。ひとつひとついいわけと納得の石を積み、前へと進む。父は一回鼻をすすり、娘の優しさにほだされている。

「そのときは頼むわ。ありがとうな」

乃理は通話の切れた携帯電話をしばらくぼんやりと眺めた。何か取り返しのつかないことを言ったのではないか、本気でそんなことを思っているのか——映らないテレビに似た荷物が増え続ける恐怖と、良い娘でいられたこと、演技ではなかったはずだという己への言い聞かせや、娘の肩に両手を掛けた親の姿が浮かんで来る。

ため息を吐くのもはばかられるような思いは、良い娘のものでもまっとうな人間のものでも、ましてや人の親のそれでもなかった。

——このまま本気で頼られちゃったらどうしよう。

徹はきっと、僕たちに出来ることをしていこうよ、と言うだろう。夫はこの先も毎日のランニングを欠かさず、真面目に仕事をして、ヨーグルトを飲む。乃理は、良い夫の内側をのぞくことが出来ない。そんなことをして、夫の心根に薄暗いものが見つかったらどうする。何もなかったら、余計に傷ついてしまう。

首筋の汗が冷えて、両肩が凝り固まってくる。首をぐるりと回そうにも、痛くて出来ない。目の奥に針で刺されるような痛みが走った。

その夜電話のことを伝えた際の徹は、シャワーソープの香りの残る笑顔で言った。

「ふたりで置いておくのは心配だよね。もう、こっちに来てもらったほうがいいんじゃないのかな」

「こっちに来てもらうって、どういうこと」

続く言葉が予測できるというのに、なぜこんなつまらない質問をしてしまうんだろう。乃理の口がまた、この場面が欲しがる台詞を放る。

「函館は住みやすい街だから、きっとふたりとも気に入るよ。こっちに移住すること、考えてもらったほうがいいんじゃないかなと思うよ。いい機会だよ」

ありがとう、と口に出すまでに途方もなく長い時間、夫の顔を見ていた。仕事の疲れも見せずに微笑む徹は、拝みたくなるほど尊い表情をしていた。夫の言葉に嘘はないのだ。そしてやっぱり、乃理の胸には響いてこなかった。

「こっちにおいでって言っても、素直に来るかなあ」

「ふたりで散歩が出来るくらい元気なうちに来てもらうことが大事なんだよ。あちこち温泉とか観光を楽しんでもらうのもいいと思うな」

我が家の家計のどこにそんな余裕があるのか、と問いそうになり、思いとどまった。何も自分たちが資金ゼロから親の面倒を看るということではないのだ。親には親の、老後用の資産がある。常々、娘たちの世話にはならないと言っていた父だ。

――なんとかなるかもしれない。

良い娘という重荷は、実際に動くことで解消されてゆく。現実に良い娘になれば、なんのギャップも生まれないのだ。とにかく今は、夫がそう言っていると告げるだけでいい。

「パパの機嫌がいいときにでも徹君がそう言ってたって伝えておくね。ありがとう」

安いホームドラマだって今どきこんな会話はないだろうと、頭では思っている。口は理想的な言葉ばかりを並べた。そして胸の内側にはそんな自分を冷ややかに眺めるカメラが在《あ》る。疲れる――本音というのは、気づかぬふりをすることで救われるのだ。乃理は無理やり喜んだ。徹も嬉しそうだ。今日は一リットルのヨーグルトパックの半分を一気に飲んでいる。

毎日ヨーグルトばかり飲んでよく腹具合が悪くならないものだと感心しつつ、そんな調子で二日で一パックを空けられても困る。その一方で、酒や博打《ばくち》でもない、ただのヨーグルトだろうとも思う。

「徹君、ちょっと飲み過ぎじゃないの?」

気づいたときには口に出していた。徹が不思議そうな顔で乃理を見る。瞳に一点の曇りもない。

――ああ嫌だ、そんな目でわたしを見ないで欲しい。ヨーグルトひとつで小うるさい女房だなんて思われたくない。けれどそのパックは十勝のブランドでけっこう高いの。

「おなか壊したら困るかなって思って」

「好きなものじゃあおなかは壊さないもんだよ」

微笑んだ夫の鼻筋のあたりに向かって「そうだね」と微笑み返した。心地良くランニングをしたあとはカルシウムと糖分をたっぷり体に入れて、徹は今日もしっかりと眠る。夜に取り残される乃理の体は、ふやけたうどんみたいにくたくたになって、出汁《だし》も吸わない。

歯を磨き始めた徹のTシャツに浮いた美しい肩甲骨が、リズミカルに上下する。不意に、長男を産むより前にこの男を育ててきたような心もちになった。女房に触りもしない家族は夫であっても男ではなく、男だとしてもそれは息子であるような、考え始めるとどこかで何かがねじれてゆく。

「お義父さんとお義母さんには、時間をかけてゆっくりとこっちに来てもらうことを考えようよ。それがいいよ」

息苦しくなるほどの爽やかさに搦《から》めとられ、返事は声にはならずただ顎を上下に振るので精いっぱいだった。

函館の次女夫婦の申し出をありがたく受け容れようと思う、という返事がきたのは、乃理が徹の意向を伝えてから三日後のことだった。仕事に出る前のほんの三十分、猛夫が電話でしんみりと、しかしどこかふっきれた明るさで言ったのだった。

「函館に一軒、家を持つのも悪くないとおかあちゃんと話して決めたから。どこかいい物件があったら世話してくれるか」

「わかった。マンションは便利がいいし、お家賃と兼ね合いのいいところ探してみるね」

電話の向こうの気配が変わる。父の声がわずかに低くなる。

「いや、俺は家賃なんて馬鹿馬鹿しいもんは払えない。住むなら戸建てで新築だ。どこか景色のいいところにある土地を探してくれないか」

「土地から？　函館で景色のいいところにはホテルとお墓が建ってるんだよ。住むなら便利のいいところだと思うんだけど」

「俺はこの年になって隣近所に気を遣うような暮らしはしたくないんだ」

「パパ、毎日観光ホテルに住むような暮らしなんて、誰も出来ないってば」

釧路で父が手に入れた家を思い出す。敷地も広ければ家も無駄に広く、老夫婦ふたりで住むという条件から大きく外れた、家というよりは会社の保養施設のような建物だ。この時代、豪華ばかりが売りの住宅など誰も買い手がつかず、下がるに任せて値下がりをしたところを買ったのだった。いざ住み始めてから、サトミが光熱費を含め馬鹿みたいに維持費がかかるとぼやいていた物件だ。

「その家だって、ふたりで持て余しているでしょう。年を取ったらあまり物を持たずにシンプルに暮らすのがいいんだよ。最近はそういうのが主流だってテレビでもやってるよ」

正論はできるだけ尊敬にまぶして放たなければいけないと、気づいたときは遅かった。

「いつ死ぬかわからない年になって、借り物の家でみじめに暮らすくらいならすぐ死んだほうがましだ」

体調を取り戻した父にとっては函館移住の計画も「娘のいる土地に別荘を持つ」ことになっていた。ここで何をどう説明し説き伏せようと思っても無理な場面を、幼い頃から見てきた。母が宗教に走ったのも、自分の話を誰かに聞いて欲しかったからだと今ならばわかる。結局、熱心な道場通いは数年で途絶えてしまったが、母に連れられて大人の苦労話を聞いた時間は、乃理の内側に「自分が変われば相手も変わる」という根っこを残した。

とりあえず父の希望をのみ込み、電話を切る前に確認がてら訊ねてみた。

「そっちの家を売ったお金で買えるような価格帯のところ、あたってみるから」

父の声色が変化する。半ばせせら笑っているように聞こえるのは、こちらの心根に反発心があるからと自分を諌《いさ》めた。

「なに言ってるんだ。ここを売るなんて俺はひとことも言ってないだろう」

「釧路と函館に一軒ずつ家を持っても、維持費に困らないかな」

「夏場はこっちでのんびりパークゴルフでもして、そっちは冬場の温泉巡りに使う」

乃理は、実際に認知症に罹《かか》っているのは父ではないかと疑い、急いでその考えを打ち消した。そんなことを口に出したら、上手くゆくものも立ち往生だ。乃理の不安に追い打ちをかけるように高らかに父が言う。

「函館に買う家は、おかあちゃんが施設に入るときのために取っておいた金を使うんだ。俺だってちゃんと考えてるんだ」

父の「考えている」ことには、彼の都合以外は含まれていないようだった。

「とにかく、広くて住みやすい家を頼む」

そして、父は最後に乃理の心臓が二倍に膨らむようなひとことを言って電話を切ったのだった。

「お前が気に入ったところだったら、二世帯住宅でもいいから」

天から熱い雨が降ってきたような驚きに打たれた。通話の切れた携帯電話が急に軽くなる。

――二世帯住宅って。

母の施設入居用の資金を使って買う家に、乃理一家も住む場面を想像してみる。なぜか思い出したのは、幼い頃、両親が喧嘩をしていた場面だった。

父の怒りの理由は、商売の失敗であったり、客の態度であったり、女房の恨みがましいひとことだったり、子供たちの薄暗い目つきであったりしたのだが、そのたびに母は「別れたらどっちについてくる？」と長女の智代と乃理に訊ねた。

――ママは本当はひとりでも食べて行けるの。商売道具を持ってこの家を出たら、お前たちはどっちにつく？

姉の答えは常に「どっちにもつかない」だった。けれど乃理は迷わず母を選んだ。あれから何十年も経って、今度は父が娘ふたりを秤にかけて、乃理を選んだのだった。

甘いのか辛いのかわからぬ感情が胸の内側を通り過ぎてゆく。乃理はささやかながら家族という幸福を手にした。けれど、ひとりでも食べて行ける技術を持つ姉に、一度も嫉妬したことがないというと嘘になる。

親に選ばれた娘になる――目の前にあるそれは、乃理の選んだ幸福の到達点のように思えた。姉に勝った、という心もちには蓋をする。それでも降って湧いた「新しい暮らし」が、たとえ親の老後資金に寄るものだとしても構わなかった。選ばれた娘として、父と母の余生に精いっぱいの愛情を――そこまで考えたところで急に胸が苦しくなりうずくまった。覚えのない痛みだ。どうしようどうしようと思っているあいだに、すっと痛みは遠のいた。そのあとは痛かった記憶だけがぽっかりと宙に浮いていた。

薄ぼんやりとしていた生活に、突然舞い込んだ楽しみは「家探し」だった。それも二世帯住宅だ。限られた条件、限られた資金、限られた時間の、それはまるで宝探しのように乃理の毎日を明るくしていった。

親に選ばれた娘への褒美は「家」だったのだ。四十代でローンのない家に住むことが、どれだけこの先の生活を支えてくれるか、考えただけでバンザイをしたくなる。実母の介護だって気難しい父親のなだめ方だって、みんなみんなやっていることだと自分に言い聞かせる。いつしか頭と口と心の分離も寒天に固められた果実のようになり、乃理の裡《うち》では「二世帯住宅探し」が間近に迫った勝敗の場となっている。サトミの携帯電話ではなく、固定電話へ掛ける機会も増えた。

——俺にだって家一軒買うくらいの金はあるんだ、何も心配するな。

——今後のことも考えて、バリアフリーを探すから。

——水回りと玄関は別にしてくれ。俺らはうるさいのが苦手だから。

——収納の多いところがいいよね。

父との会話に多少のずれがあっても、さほど気にならなかった。いずれ釧路の自宅は手放してもらうつもりだったし、遠い土地に貸家を持って心地のいいことなどないだろう。両親の資産をある程度把握しなければ。

家探しを始めた乃理を、徹は眩しいものでも見るようにして毎晩褒めた。

「楽しそうだね。やっぱりおかあさんはそうやって明るくしているのがいいよ。僕もなんだか嬉しいな。今日はいい物件見つかった？」

「まだ、あちこちの不動産屋さんとか、ネットで調べてる。案外いい物件はネットに出てないかもと思って、足も使ってるよ」

夫は、自分が初めて産んだ子供だと思えばいいのだった。そして、母も子供へと戻ってゆき、父もやがてこの世を去る。乃理の人生はあらゆるものの「母」になることで美しい虹を描き、宝の埋まったところへ着地するはずだ。幼い頃に通った宗教の道場で聞いた言葉が乃理の気持ちを支えている。

——まず自分が変わらなければ、人も変わりません。

そうそう自分を変えることなど出来ないことは、四十も半ばとなった今ならわかる。ただ、考え方の角度を変えることは出来るのだった。乃理はみんなの母になる。それでいい。自分の行く末を占い終えた乃理にとって、経済的な心配の薄い明日は輝きに満ちていた。もう、頭と口と心が分離することもない。

乃理は毎日、バイトに出る前と帰り道や在宅時間のほとんどを函館中の二世帯住宅の空き家、できるだけ新しい物件を探すことに費やした。家を探しているあいだは、映らないテレビのことも、変な音がするようになった冷蔵庫のことも、夜中までインターネットに夢中でおかしな時間に朝食を要求する子供たちのことも気にならなくなった。

これだ、と思う家を見つけたのは八月の初旬、北海道全域で三十度を観測された地域が三箇所もあった日だった。五稜郭《ごりようかく》から歩いて十分、玄関も水回りも別で、一階の三分の二を占める親の居住空間はバリアフリーだ。ここならば子供たちに部屋をひとつずつ与えられた。一階の洋間を夫婦の寝室にすれば、夜中に何かあってもすぐに隣に駆けつけられる。いちばん近いスーパーまでは歩いて五分、子供たちを転校させずに済む。

夕食の支度もそこそこに、乃理は実家に電話を掛ける。母の携帯では話が遅い。今日は直接父と話したい。そうめんの薬味にネギを刻んだあと、固定電話で呼び出した。

電話に出た父は、のんびりとした口調で「なにか用か」と訊ねてくる。

「用もなんも、築十年だけどいい物件があったの。今日やっと見つけたんだから」

間取りを告げると「いくらだ」と切り込んできた。あのね——乃理は慎重にその情報を開示する。決して高くはないはずだ。

「リノベーション済みで、内側も外側もなんの問題もないの。新築と同じ。新築だとその倍はする物件なの。いいと思うんだよね」

「新築じゃないってのが気になるな」

「二世帯住宅の新築物件はあまりないんだよ。ほとんどが注文住宅って業者の人も言ってた」

もう少し安くならないのか——父の言葉に乃理は「交渉次第だと思う」と返した。本当はすぐにでも手付けの二十万円を支払いたいのだが、ここで父を口説き落とさねばどうにも前には進めない。

「ここなら散歩のたびに五稜郭の四季が楽しめるの。新幹線で内地に旅行もいいと思うよ。ママとふたりでのんびり暮らして欲しいんだ。わたしも遅ればせながら親孝行が出来るし」

嘘でもでまかせでもない。両親への思いは、言ったそばから本音となって乃理の心を温めてゆく。電話口で父が鼻をすすった。

「こっちで暮らしてみてよ。うちの子供たちに、じいちゃんばあちゃんのいる暮らしの楽しさを教えてあげて」

幼い頃から母と祖母のいがみ合いを見て育ってきた乃理にとって、自分の子供が祖父母と楽しく食事をする光景は未知の喜びだった。

そうだな——父が柔らかく折れた。

「じゃあ手付けを入れて、おさえておくね。冬場に向けてこっちに来られるように、のんびりでいいから荷物を整理しておいて」

「その家は、すぐに手付けを入れなきゃならんくらい人気あるのか」

「場所がいいからね」

乃理は自分が見に行ったあとも何件か申し込みが入っているようだった、と告げた。嘘ではない、業者も「公開したのが昨日で、問い合わせがすぐに三件入りました。ご覧になるのはお客様が一番乗りです」と言っていた。ということは、見学がこの後もどんどん増えるということだ。

「函館市内ではかなりの人気物件なんだよ」

「手付けはどうするんだ」

「わたしのへそくりでなんとかしておく」

全額、と言いそうになるのを慌てて喉に押し戻した。ときどき口から不思議な言葉がこぼれそうになる。危ういところで、それを言っちゃあお終いよ、という戒めに引き戻される。うぅん、と父が唸った。性急すぎたかと悔いて「焦らなくていいからさ」と続けた。

「手付けは俺が払うから安心しろ」

飛び上がりたいくらいの喜びのなか、乃理は言葉を選ぶ。父の機嫌を損ねたら最後、修復は難しくなる。この頑固な父がなぜ宗教に走った母を許し、今まで一緒に暮らしてきたのかが不思議だった。母は「お前たちがいたからだ」と、娘ふたりを前にして長々と恨み言を言っていた。彼女はそんなことも忘れて、ひとり気持ちよく世を去るつもりらしいが、忘れられない家族たちは少しでもその記憶を払拭《ふっしょく》できるよう、いつも体のどこかを抓《つね》りながら暮らしているのだ。

「ありがとう、パパ」

ぽろりと涙がこぼれ落ちる。親孝行が出来る嬉しさだ、いろいろあったけれど親を看取ることの出来るありがたみだ。親子三代が仲良く囲む食卓の風景がそこにある。乃理の理想を優しく包むのは父の経済力と老いた母だった。

子供たちにそうめんと野菜炒めの夕食を摂らせたあと、乃理は徹のヨーグルトドリンクを買いに外に出た。財布とエコバッグを持って、まだ昼間の熱を残した夜の住宅街を歩く。どの家の窓も網戸一枚らしく、さまざまな年齢の声が道にこぼれ落ちてくる。

勤めていた頃の知識が役に立った。築十年の物件は、よほどひどい使い方をしていない限りリノベーションでほぼ新品になる。風呂も台所もトイレ回りもすべて取り替え済みならば、見かけは新築と何も変わらない。猛夫の了解を得てすぐに業者に電話を入れた。明日手付け金を払うと言っても諸手を挙げて喜ばないのは、不動産業者の心得だ。態度ひとつで、さも人気物件であったことを主張する。

父の言う「安心しろ」があんなにつよく気持ちに響いたのは初めてだった。乃理は半分夢見心地でスーパーまでの道を歩いた。海風が通り過ぎ、首筋の汗が乾いてゆく。

徹のお気に入りのヨーグルトを籠に入れて、ぶらぶらとセール品を物色していると、うずたかく積まれた新商品の缶酎ハイが目に入った。乃理が若いときに好きだった俳優が宣伝をしている。お試し価格の八十八円に、ぐらりと心が傾いた。

『渇いた喉に流し込め』という惹句《じゃっく》に、たちまち喉が渇いてゆく。なるほど上手い宣伝だと一本を手に取ってみる。アルコール度数五パーセント――ビールとそう違わない。見れば色とりどりの缶酎ハイが冷蔵コーナーに並んでいた。

「ゆずドライ」と書かれた缶を数秒眺めたあと、ヨーグルトドリンクの隣に入れた。籠の中で隣り合う二本の飲み物は、交じり合わないまま走り続ける徹と自分のようだ。

家にたどり着くまでのあいだ渇いた喉に流し込んだアルコールは、水のように体に吸収されてゆく。酒を飲んでいる感じはしなかった。大人が飲みやすい甘みの、ゆず味のジュースだ。コンビニのダストボックスに空き缶を放ったあとは「いい気分」だけが残った。

家に戻ってみれば、夫とのあいだにあったちりちりとした痛みはなりを潜めている。缶酎ハイは徹のヨーグルトよりも安かった。

帰宅した徹は、機嫌のいい妻の報告に耳を傾け、そしてまた持ち上げる。

「リノベーションの出来については、おかあさんは元プロだし安心してるよ。だけど、手付けぐらい僕らが出さなくていいのかな」

「立て替えはするけれど、そこはパパに花を持たせたほうがいいと思うんだ。自分で出したと思わないと、堂々と住んではくれない人だから。とにかく人に厄介になるのが大嫌いなくせに、わたしたちには厄介ばかりかけてきたの。今ごろママの面倒を看て半世紀分を取り返したような気持ちでいるかもしれないけど、あの人は並べたらきりがないくらい家族に苦労かけてきたんだから、このくらいあたりまえだと思うのね」

おや、と乃理自身が驚くくらい素直な言葉だった。頭と口と心の隙間がなくなり、実に爽快だ。本当はこんな風に、取り繕わずに人と話したかったのだという素直な気づきだった。ふと、早くに母親を亡くした夫の心にも寄り添いたくなってくる。夫の両親に対する遠慮を口にすることで、この会話のバランスをとった。

徹はランニング後の関節を回しながら、いつものように軽やかな口調で言った。

「うちの親のことは気にしなくていいよ。正直なことを言うとさ、母以外の人を好きになった父親って、僕にとっては半分以上他人みたいなもんなんだよね」

――うん、と頷いた瞬間、アルコールの見せてくれた「いい気分」が消えた。

徹の父と、後妻とはいえ人の好さでは義父にひけをとらない姑の顔を思い浮かべる。徹は決して「許せない」という言葉を使わない。その代わり、誰が見ても疑いようのない距離を取る。

こういう人になりたいと思って寄り添ってきた心が、徹の正直な言葉に引っかかれた。乃理は努めて笑顔を浮かべ「ありがとう」と返した。

おおかたの手続きと二度に分けての支払いを済ませた九月の末のこと。乃理一家がひとあし先に引っ越しを終え、あとは父と母の到着を待つばかりとなった。

見たこともない大金を右から左へと移す作業は、自分の金ではないぶん仕事と割り切って行うことが出来たのだが、百円の果てまで端数がついた最後の送金では、却って事の重大さが胸に迫ってきた。勢いで購入した六十インチのテレビを見るたび軽い震えが起きる。

――パパ、本当に一度も見ないで家を買ってもいいの？

――おかあちゃんを他人だらけの施設に入れることを考えれば、血の係がった娘のそばがいいに決まってるだろう。

――ふたりで住むには、ちょうどいい広さだと思うんだよね。

――俺が先に死んだら、おかあちゃんのこと頼んだぞ。そのための家だからな。

父との会話は相変わらずかみ合わず、そのたびに空き缶が増えた。

乃理は「親を看取る決意」で家を得た現実について、なるべく真正面から見ないよう気をつけている。事実だけを見れば、どこか狡猾《こうかつ》な行動にも映るだろう。親にしても、この先は家ひとつで娘夫婦に遠慮なく世話になることができるのだと言い聞かせた。

この夏の決意によって気持ちが乱れたときは、スーパーでいちばん安い缶酎ハイを買って飲んだ。高くても百円の、心の隙間を埋める投資だ。いっときでも自分の肩から荷物が滑り落ちる感覚は、言葉には出来ぬ解放であったし、何より誰にも不満を言わずに済んだ。精神の安定を保つための百円は、その金額に余りあるものを乃理に与えた。新居の台所には今までの三倍の収納場所がある。乃理しか開けない扉の奥には、箱買いした缶酎ハイがある。気持ちがざわつくときは、冷凍庫で急速に冷やして飲めばいいのだった。酔っ払うほどの量ではないし、一本空けても家事に支障はない。開けていない缶も空いた缶も、同じ場所にある。

罪悪感をつのらせているのは五パーセントのアルコールだけで、徹のヨーグルトと大きく違わぬような気もしている。

思わぬ引っ越しを手放しで喜んでいるのは子供たちで、それぞれに与えられた部屋は見たこともない自由に溢れているのか、食事時間以外はほとんど出てこない。衛星放送で見なくてはいけなかったはずの番組も、ネットで観られるという。

末っ子の娘が、今度は次兄と共用ではない自分専用のパソコンを欲しがるようになったのが予定外のことで、そのほかは実に快適な新生活だ。

広々とした居間の壁際に薄型の大型テレビがまるで祭壇のように置かれているのだが、意外にも徹が「正月はこの画面で箱根駅伝を観ることが出来る」と喜んでいる。

乃理はその日、早めに函館駅に着いた。

札幌で一泊し、朝の列車で函館に着く両親を待っている。徹は仕事で、子供たちも学校があるので来られないが、観光地に吹く秋風は高い空と相まって親ふたりを気持ちよく迎えてくれそうだ。

列車の到着時刻になった。海沿いのホームから駅の構内へ、老いた両親が手を係いで歩いてくるのが見えた。父が、細く小さくなった母の手を引いている。こみ上げてくる喜びのなかに、微かではあるが姉への優越感が交じっている。はっきりと気づかぬよう努めていたはずが、こうして老いた両親を目の前にすると、どうしても自分のしている「よいこと」が姉の不義理を踏み潰してくれるような気がするのだ。

――お姉ちゃんには事後報告になっちゃったけど、パパとママには函館に来てもらうことにしたから。
――徹さんはなんて言ってるの？
――親孝行できるって喜んでる。

そこだけゆっくり大きく言ってみたが、姉は「それならいいけど」としか返さなかった。乃理が親の資産とはいえ家を手に入れたことについては、何も言うことがないらしい。多少の拍子抜けを味わいつつ事後報告を詫びた。同時に、気持ちのどこかでバンザイを叫んでもいた。

父が「自分の家」に満足している様子だったことで、二世帯住宅の生活も、まずは快調な滑り出しとなった。初日の夜にお祝いを兼ねて囲んだ食事も、早めに帰宅した徹が自分の親のごとく嬉しそうにするので、父もふわふわと気分よくなったようだ。孫三人にたっぷりと小遣いを渡す姿を見て、乃理は幼い頃の自分をやり直せたような気分になった。

娘一家の住む二階の居間までやってくる際、父が「この家の階段は急だ」とひとこと漏らし、母も「怖い」とつぶやいた。見れば母の足腰はもうけっこうな細さと弱さで、なんにつけ父が手を添えなくては自由に動けない。下りるときは更に時間がかかった。

「今度からみんなで食事をするときは、パパたちのところに料理を運ぶことにするね」

「そうしてくれるとありがたいな」

一度外に出て自宅に戻る父と母に続いて、乃理も隣家の玄関へと足を入れた。ふと父が不思議そうな顔をする。

「どうした、何か用か？」

「いや、足りないものがあったら明日にでも用意しようと思って。寝床も一応揃えてはおいたけれど、あれでいいかなって」

父の表情が旅の疲れに加わったビールで弛《ゆる》んでいる。疲れてるならまた明日でも、と続けた乃理にひとつ頷いて見せた。年のせいで濁った白目に瞬《まばた》きを繰り返しながら、父が言う。

「足りないものがあれば、俺とおかあちゃんでなんとかするから。俺にとってはあくまでもここは別荘なんだ。俺に何かあったらおかあちゃんを頼むっていう、保険みたいなもんだ。俺たちは今からお前に世話になりに来たわけじゃあない。だから、あまり気を遣わなくていいんだ」

方便も嘘もそぎ落として来たがゆえに、器用さとは縁遠い男だった。短く礼を言ったところで、玄関から出る。内側でかちりと施錠の音がする。乃里は合鍵を持っているので、その音は特別冷たく響きはしなかった。

不意に訪れた秋の夜の静寂に、名残惜しげな虫の鳴き声が流れた。二階の居間に戻ると、徹は風呂に入っており、食卓はお開きにしたときのままだ。銘々皿に残った料理は、乃理が最も手間をかけたポテトサラダだった。両親を気遣うのと給仕で自分はゆっくり食べていない。こんなに残っているのはなぜだろうかと箸をつけてみる。見かけはいつもと同じようにしか見えないポテトサラダがひどく甘かった。菓子のようなサラダを喜んで食べていたのは母ひとりだった。父の作る食事で極端に甘い物を制限されていた母が、今日のサラダを喜んでいたことが納得できて両肩が下がる。

　ポテトサラダを無理やり口に運んでいる際、父が座っていた席にビールの缶がふたつ並んでいるのを見つけた。手を伸ばし、一本を振ってみるが空だ。そっと二本目に手を伸ばす。こちらは半分ほど残っていた。

　ティッシュでさっと飲み口を拭い、喉の奥へビールを流し込む。体から何かが解けてゆく感覚がはっきりと感じ取れる。乃理は父の残した缶ビールを飲み干してようやく、自分が緊張していたことに気づいた。残り物を器に移して冷蔵庫に収めた。残ったサラダは、ハムに巻いたりパンに挟んだりして消費すればいい。

　洗い物をするあいだずっと、乃理の横には新しく開けたビールの缶があった。皿やコップを拭いて戸棚に収めては、ひとくち飲む。風呂から戻った徹は、シンクのそばにある缶ビール三本のうち一本半を乃理が飲んだことには気づかぬようだった。

　翌日、バイトに出る前に隣のチャイムを押した。毎日電話をしていた時間帯に安否を確かめる。日課の延長だ。すぐに父が出てきた。

「おはよう、昨日はよく眠れた？　ママの具合はどう？　買い物があったら言ってね」

　父は「すまんな」と言って玄関に招き入れる。母は今しがたようやく眠ったところだという。

「環境が変わって、ちょっと頭がびっくりしてるようだ。一時間に一回ずつ『ここどこだっけ』って言われる。俺も寝不足だ」

「早く覚えてもらわなくちゃね。週末は一緒に銭湯に行こう。しばらくは旅行気分で楽しんでよ」

一階にはほどよく陽が入り、家の中は明るい。隣家の建物の隙間から太陽が差し込んでいた。人と家具が入らねばわからないこともある。これは想像を少し上回る住みやすさだろう。

「ああ、いい感じだね。カーペットも明るいのを選んで良かった。冷蔵庫には言われたとおり一食分の材料しか入れてないけど、本当にレタスと玉子と豆腐とトマトだけで良かったのかな」

「いいんだ。札幌で一泊したときも、朝飯のバイキングであれもこれも持って来たがるのを止めるのに疲れてしまった」

寝るのが遅くても必ず早朝に目覚めるという父は、くぼんだ目をこすりながら「これから仕事か」と訊いた。

「ランチの時間だけなんだ。通勤時間が倍になっちゃったんで、寒くなる前にここの近くに新しいバイトを探そうと思ってるの」

ドア一枚向こうの寝室で母が眠っている。そろそろ行くわと玄関を出た。秋の日差しに、冷えた風が通り過ぎる。新しいバイト、と言ってはみたものの積極的に探してはいない。今まで支払っていた家賃は、徹の勤め先の住宅補助を入れても乃理のバイト代以上だった。一家の負担にならず、かつ家計の足しにと頑張っていた毎日が、乃理の両肩から宙に浮いている。

このまま徹の稼ぎでやりくりをして、子供たちを進学させつつ親の世話が出来るようになれば――乃理は自分の生きてきた甲斐というものがそこにあるような気がした。

乃理は毎日、帰りがけにスーパーで缶入りのアルコールを仕入れた。飲みながら歩くことで、倍になった通勤時間もずいぶんと楽しいものに変わった。缶が丸見えでは体裁が悪いと気づいてからは、ペットボトル用のカバーに入れた。家に着く頃には体が軽くなっているので、体裁以外に心煩《わずら》うことはない。なにしろ、帰宅してからもゆったりと家族の話に相づちを打ち、要求をうまく裡に落とし込めるのである。誰のわがままも許せるほどのおおらかな心は、スーパーでもコンビニでもたいがい百円前後で売っている。いつしか、冷蔵庫には堂々と缶ビールが並ぶようになった。隣家の父がやってきたときのためにという上出来の理由も一緒に冷やしておく。以前ならば、常に手つかずの玉子ケースが並んでいるくらいの心の豊かさだ。

子供たちは学校帰りに隣家に寄り、祖父母の顔を見てから家に入る。じいちゃんばあちゃんの生活が賑やかで楽しいものになるよう、出来るだけそうしてくれと言いつけた。こんなに近くで暮らせるのだから、老いた親にさびしい思いをさせるのだけは避けたかった。徹の生活も変わらない。毎日走って通勤することも、ヨーグルトの銘柄も、笑顔も言葉も、何もかも。

二日に一度、あるいは三日に一度は豆腐と野菜を中心にした夕食を作り、隣に届けては子供たちと一緒に食べる。父も母も、孫たちに「じいちゃん、ばあちゃん」と話しかけられ、悪い気はしないようだ。笑いが起きれば、すべてが報われてゆく。食事の支度をするときの連れは缶ビールか缶酎ハイだ。ジュースのようなゆず酎ハイから、時間を経て今は少々アルコール度数の高いものへと変わった。九パーセントという表示を見つけてからは真っ先にその缶を買う。最近は一缶空けても喉の渇きが収まらないのが不思議だが、二本目が半分空く頃は頭痛も肩凝りもどこかへ行ってしまう。

徹は相変わらずヨーグルトの晩酌を欠かさないが、ブランドヨーグルトに手を出さなくなったぶん安く済んだ。徹は、堂々と冷蔵庫に冷やしてあるビールや酎ハイを見て、冷やかすくらいの軽さだ。

——お義父さん用のお酒、減り方早いんじゃないの。

——喉渇いちゃったときとか、わたしもちょっと飲んでるんだよね。

——お酒って、美味しい？

——まぁまぁ。徹くんのヨーグルトみたいな感じかな。

——酔っ払ったりしないの？

——ちょっと気持ち良くはなるけど、わたしは酔っ払うほど飲まないから。

嫌味も心配も口にしない夫は、やはりどこかの国の幸福の王子だった。その優しさは隣家にも、そのまた隣の家族にも、職場の上司にも同僚にも部下にも客にも同じように向けられているのだろう。

――いいんだこれで、わたしは充分楽しいもの。自分はいい妻でいい母でいい娘になることで、人生の九割をまっとうしている。

初雪が降った十一月の半ば、乃理はランチのアルバイトを辞めた。

今日の仕事を終えたら、母を連れてスーパー銭湯へ行く約束をしている。夕食は炊き込みご飯に汁物と漬物なので面倒な準備も要らない。風呂に入るのだからと、その日は酒を飲まずに帰宅した。ランチタイムが終わるとすぐに夕暮れの気配を帯びはじめる空は、青さにうっすらとした灰色を混ぜて街を覆っていた。

風呂道具をエコバッグに詰めて隣のチャイムを押した。父が出て来て、用意をしているところだと言う。

「手伝うよ。晩ご飯までに帰って来ないといけないし。少しでもお風呂屋さんでゆっくりしたいじゃない」

父は妙にしぶい顔で娘を家の中へと招き入れた。乃理のほうは、変に機嫌のいい父親よりも仏頂面の彼のほうが見慣れているぶん安心だ。

テレビの前で母がもぞもぞとタオルを揉んでいた。乃理の顔を見て「バスタオルがない」と困り果てた顔をする。

「バスタオルなら、わたしの使って」

リネン類は予算内である程度買っておいたはずだが、どうしたのだろう。そろそろと父のほうを振り向いた。幼い頃に見た鬼の形相で自分たちを見下ろしていた。

「寝床から風呂場から、バスタオルばかり全部かき集めて洗濯したのはお前だろう」

昨日のうちに銭湯へ行くと言っておいたのだが、今まで使っていたものとは違うバスタオルが気になって、目を離した隙にすべて洗濯機に放り込んだらしい。

涙を流さんばかりの母が不憫《ふびん》で、乃理はその小さくなった体を精いっぱい包み込んだ。

「バスタオルならうちにいっぱいあるから。ママは心配しなくていいよ。だいじょうぶ。さ、一緒にお風呂に行こう。わたし今日でお昼のアルバイト辞めたから、明日からずっとママが行きたいところに付き合えるんだよ」

タクシーでワンメーターの、飲食スペースもマッサージルームもある銭湯で、母ははしゃぎ父も少しは体が軽くなったようだ。たるんだ体に木の枝に似た手足を垂らした母の体を洗うとき、ほんの少し涙がにじんだ。

風呂上がり、父が乃理と自分の分だといって生ビールを注文する。母はウーロン茶だ。

「ところでお前、酒の量はどうなってるんだ」

ひとくち目を飲んだところで父が低く訊ねた。何を言われているのかとその目をのぞき込んだ。幼い頃、機嫌の悪い父がどんな難癖をつけて子供たちを叱り飛ばすのかを待つときに似ていた。

「酒の量って」

「昼間から酒を飲んでるそうじゃないか。徹君が飲まないからといって、そこまで自由にしていいものでもないだろう」

ご飯時にゆっくり飲める環境ではないので台所に立ちながらひとくちふたくち楽しむことはあるけれど、昼間から酒を飲んでいると言われるほどではないはずだった。

乃理を驚かせたのは、その告げ口まがいのことをしたのが末の娘だったという事実だ。

「毎日学校帰りに家に寄って、ばあちゃんばあちゃんと言いながら小遣いもらって帰って行くぞ。お前、子供の財布にいくら入ってるのかくらい、ちゃんと見ておけよ」

初耳だ。猛夫にではなく、記憶があやふやなサトミに小遣いをせびっていると告げられても、ビールを飲む手は止まらない。

一杯目をさっさと飲み干し、乃理は自分のビールを買いに席を立った。背後で母が「パパぁ」と甘えた声を出している。一瞬、胸のすれすれを「あの女はいったい誰だろう」という思いがかすめていった。

その夜乃理は娘に、父の言葉が本当なのかどうかを確かめた。最近とみにこまっしゃくれたことを言う娘は、口を半分とがらせて乃理への不満を並べ上げる。そうすることで自分をどのくらい守れるかを試してでもいるようだ。

「わたしが家に帰っても、おかあさん返事もしないでお酒飲んでるじゃない。それなら、ばあちゃんのところのほうがいいもん」

「いいもん、って何を言ってるの。家に帰ってきたってすぐ自分の部屋にこもっちゃうくせに。行くたびにお小遣いもらってること、なんでおかあさんに報告しないの」

「だから、お酒飲んでぼんやりしてて、生返事してるのはおかあさんのほうなんだってば。わたしちゃんと言ってるよ、お小遣いもらったよって。そしたらおかあさん『ああそう良かったね』って言ってビール飲んでたじゃない。行くたびに、ばあちゃんがくれるからもらってるだけなのに」

そんなことがあったろうか――

娘はおかしな作り話をしているか、あるいは叱られるのが嫌で母親に非があるように話を大きくしているのではないか。疑いは生意気な娘へと移る。

「ビール飲んでたのだって、一回かそこらでしょう。毎日飲んでるように大げさなことを言って、あんたはそうやって人を陥《おとしい》れて自分だけいい子になるつもりなの」

ふて腐れた表情の娘がいつしか大人びた余裕さえ浮かべているのが気に入らない。乃理は酒を飲んでいるところを毎日家族に見られているとは思えなかった。一回が五回十回にカウントされているだけだろうと高をくくっているものの、娘の態度には苛立ちを隠せない。

「ちょっと、何とか言いなさいよ」

荒らげた声に見向きもせず自室のドアを閉める娘の、冷ややかな態度に気持ちが乱れている。しかし乃理は未だ自分が家族の前で堂々とビールを飲んでいたという発言に納得がいかないのだった。娘の部屋のドアを力まかせに叩きながら叫ぶ。

「ちょっと、いい加減にしなさい。いったい誰のお陰でこの部屋があると思ってんの」

ドアを叩く拳が止まらない。小指の付け根が痺れるほど叩き続けるが、娘からはなんの反応もなかった。乃理は最後に思い切りドアを蹴飛ばした。平面だった合板の一部に直径五センチの丸いへこみが出来た。しまった、と思ったものの、簡単には戻りそうもない。体から溢れて止まらぬ怒りも床にこぼれ落ち、乃理を哀れんでいる。

それならば、と乃理は冷蔵庫の扉を開ける。テレビも冷蔵庫も勢いをつけて虎の子を出したのだった。毎月ちまちまと貯めたへそくりの数字がそっくり失われているのも、家族のためだったではないか。

DRYと書かれた缶酎ハイを一本取り出し、一気に半分空ける。喉から胃へ流れ落ちてゆくのは、怒りだ。この一本で、自分の中の怒りを鎮めなければ。

母親の不機嫌を察してか、その夜子供たちは誰も夕食を催促しなかった。それぞれがカップラーメンにお湯を注いでひっそりと自室へ戻ってゆく。怒りを収めるはずが、三分を知らせるタイマーが鳴るたびに「もう二度とこんな奴らのために食事の支度などするものか」と空き缶は増えてゆく。腹に溜まった鬱憤のあれこれは、堂々と飲む酒と相性がいいようで、双方がお互いを欲しているのか、それぞれがよいアテだ。

静かな夜、乃理が鳴らす喉の音が響く。空き缶は六本に増えた。午後十時、徹が戻った。

「今日はずいぶん飲んでるね。どうしたの、何かあった？」

「そんなに飲んでなんかいないってば」

「ならいいんだけど。体のことも考えながら頼むね」

「今日は特別なの、アルバイトの最終日だったんだよ」

「ああ、そうだったんだ」

「そうだよ、だからお祝いなの」

徹はいつものようにランニング用のウエアを脱いでシャワーを浴びに階下へ下りた。

ああ、この人は本当にいい人なんだ。

徹は何ひとつ乃理に嫌なことを言わない。死んだ母親の代わりに乃理の親を大事にしてくれる。内にも外にもいつだって穏やかな笑顔で接し、人として非の打ち所のない——

乃理は勢いをつけて立ち上がった。多少足下がふらつくものの、頭の中は冴え冴えとしていた。

シャワーを終えて風呂場から出てきた徹を待ち伏せして、その腕を摑み寝室へ入った。徹は妻のただならぬ様子に腰が引けている。ああこのベッドもへそくりで買ったのだと思いながら、夫の胸を突いて端に座らせる。

「徹君って、本当にいい人だよね」

口をぽかんと開けたまま乃理を見上げている瞳は、薄暗がりの中でも素直に光っている。

「だけどさ、そのいい人を維持するために誰がどんな思いをしているかまでは気づいてないよね」

「いきなりどうしたの、おかあさん」

徹の声に怯えが交じった。乃理はめざとく夫の弱みを探り当てる。

「あんたが毎日走って仕事に行って、走って帰ってきて、そのウエアを洗うあたしのこととか、ちゃんと仕事に行ける環境を整えてるあたしのこととか、あんたがひたすら外に向かっていい人でいられるように家の中で支えてきたあたしのこととか――そういうの、実はどうでもいいと思ってるでしょう」

「おかあさん、飲み過ぎだよ。何を言ってるのかよくわかんないよ」

「わかんないなら、その頭でよく考えなさいよ」

続けて「その美しいもんばかり詰まってる頭で」と吐き捨てた。徹の表情がこわばってゆくのを見ていた乃理は、自分の内側にこんなにも嗜虐《しぎやく》的な欲求があったことに驚いた。この怯える男は尊敬してやまなかった自分の夫である。その男が乃理の剣幕に怯えているのだった。

「あんたさあ、この十年あたしがどんだけ家族のために尽くしてきたのかまるでわかってないんだよ。あんたが仕事で悩んでるときも、新しい仕事探すときも、子供が生まれてからのやりくりにしたって子育てにしたって、あんたが口にするのは一般論ばかりじゃない。一般論で我が家が上手くいくなら、世の中みんな仲良し家族だ。その仲良し家族を作るためにあたしがどんだけ頑張ってきたのか、わかってんの。わかってないの。わかってんのかわかってないのか、もういい加減――」

乃理は大きく息を吸い込み、穿いたばかりの夫のトランクスを剝いだ。ベッドの上で半袖シャツ一枚、下半身を露わにしている徹はようやく妻の奥底にあるささやかに見せかけた大きな不満に気づいたようだった。

「ごめん、頼むから落ち着いて。僕に悪いところがあったなら謝るから」

ベッドに仁王立ちになり、怯える男を見下ろした。縮み上がってしまったのか陰茎は茂みに隠れている。こんな場面で再会するとは思わなかった。この体が乃理を抱きしめ、お互いを係げ合った日々もあったのだ。なんでこんなところで縮こまっているのか。もう一度その手でわたしの体に触れてくれないか。

乃理は徹の茂みから頼りなくうなだれたものを探りあてる。シャワーに湿って花の香りをさせ、人の体の一部には思えないのに体温を持っている。口の中へと招き入れた。とうに忘れていると思っていたのに、舌が上手い具合に動く。ゆるゆると大きくなってゆく徹を更に口の中で育てているうちに、乃理の芯にも火が点いた。乃理は急いでストレッチの効いたジーンズと下穿きを脱ぎ捨てると、徹の体に覆い被さった。

たった数秒のあいだに、徹の下半身は元に戻っていた。

「なんなのこれ——どういうつもりなの。なんなのよこれは」

怒鳴り声には構わず、徹は乃理の下から這《は》い出てトランクスを穿いた。もう何も元には戻らないのだと悟るまでに少しかかった。

おかあさん、と徹が今までで最も慈悲深い口調になった。

「僕ね、おかあさんはもうそういうことすっかり嫌なのかと思ってた。赤ちゃんを抱っこしている女の人にそういうことするの、なんだか悪いような気がしてた。そういう気持ちになったときは、僕は男だからどうにでもできたし」

本当にごめんね——詫びは決してこの関係に対して前向きなものではなかった。乃理の怒りも欲望も、おおよそこの男に求めていたものの最後の砦も失われてしまった。

下半身が露わになったみっともない恰好で、風呂場へ入った。洗濯機に脱いだジーンズを投げ入れる。熱いシャワーなんて、ただの贅沢だと思っていた。毎日外で働く男の、ささやかな贅沢を今夜は自分もしてやろう。熱いシャワーを浴びて、うまいと思える限りの酒を飲んで、明日のことも家族のことも考えず寝たり起きたりしながら一日を過ごすのだ。

シャワーを浴びる前に一度、乃理は胃の中にあったものを吐いた。このまま体の中にある面倒なものもすべて出て行ってくれないか。頼む頼むと、頼む先も見えないまま頼んでいた。

風呂場の鏡に映る裸は、厚い脂肪が段を作り腰の上で一度折り返している。子供をひとり産むごとに増えてしまった体重だが、この体には子育てに必要不可欠な体力が詰まっているのではなかったか。

食べてないと子供三人の洗濯だってご飯の支度だって、疲れて何も出来ないじゃない——いいわけを承知でつぶやいた。

女だってそういう気持ちになったときはどうにでも出来るんだ——

赤ちゃんを抱っこしている女が女じゃないというのなら、この体はいったい何なんだ——労《ねぎら》いでも憐れみでもなく、純粋な欲望の対象でいることが、自分にとってこんなに難しいことだったなんて——

徹には、乃理が女に見えなかったのだ。見えないものを無理に見ようとすれば、彼の美しい心は何かを曇らせなければならない。女に見えない理由は「嫌なのかと思っていた」という言葉に変換され、その心は美しい居場所を得る。優しすぎて美しすぎて涙が出そうだ。

徹は、父親が再婚したときも「半分以上他人」になってしまえる心根と折り合いをつけ、ひとり清々《すがすが》しく生きているのだった。乃理にとってみれば半ば偏った潔癖さで、徹はこの先も乃理以外の女とどうにかなろうなどとは思わないだろう。もしもそんな時がきたら、自分自身を責めながら土下座をして許しを請うに違いない。半分わたしが育てた男は、自身の心変わりを隠すなどという卑怯《ひきよう》なことはしない。

許しを請う？　いったい誰に――

熱いシャワーは体の芯までは温めないものだという。頭から湯を浴びながら、乃理は健康雑誌にあった「入浴方法の間違い」という記事を思い出した。

師走に入った函館は、イルミネーション瞬《また》く街へと変わった。函館山で夜景を見たいという父と母を連れて、人混みのなか自分の住む街を眺める。明かりがないと、輪郭もはっきりとはしない夜の地形である。瞬きのひとつひとつに暮らしがあって、その明かりはあらゆる感情を露わにしているのだと思うと気が滅入った。

徹との関係は温まりも冷えもしなかった。もともとそうした体温のやりとりがなかったと言ってしまえばそれまでだが、何をどうすれば今までを「損」にしなくて済むのか。乃理の思考は代替を求めて走りだし、「親孝行」へと向かう。

母の病院探しに始まり、三日に一度のスーパー銭湯通い、食事の支度、父に代わってのカロリー計算、認知症と高血圧や糖尿病に良いことはすぐに知らせ、試す。子供たちにも祖父母との交流を徹底し、老いた両親にさびしい思いをさせないことが家族の約束となった。

長男は素直に乃理の言うことを聞いた。次男は気の向いたときに笑い話などを披露する。ムードメーカーである末っ子の娘には、小遣いをせびらぬよう言い聞かせた。後に、もらった小遣いでいったい何を買いたかったのかと問えば、「パソコン」と返ってきた。月々の小遣いを五百円アップすることで決着したものの、しぶしぶという態度が見え隠れする娘とのこれからは険しい。乃理の飲酒は続いているが、酔っ払うことには懲りたのでアルコール度数の低いもので我慢している。それでも機嫌よく親の面倒を看られるし、ミントのきいた飴を口に入れておけば安心だった。

展望台の手すりにつかまり、街を見下ろして母が喜んでいる。

「乃理ちゃん、きれいねえ。こんなきれいな夜景、初めて見た」

「もっと早くに連れてきてあげればよかったね。ママ、夜景が好きだったんだ」

「うん、水族館も好き。乃理ちゃんのことも好きだよ」

人の悪口を言わなくなった母は、子供みたいに素直できらきらした目をしている。新興宗教の道場に通っていた頃のすさんだ目は、もうどこかに放ってしまったらしい。乃理自身、今日までいったい何を追って生きてきたのかと、サトミに問うてみたかった。

長いあいだ母が鮮明に覚えていたことは、父が余所《よそ》の女に現《うつつ》を抜かして帰ってこなかった日々と、女として悔しかった時間だった。口を開けば恨み言だった日々の後ろに、まるで人生の尻尾《しっぽ》のように生えているものが、忘却であったとは当の本人も想像しなかったろう。サトミの内側で色を失い輪郭をなくしてゆく記憶には、明確な「興味の度数」があるような気がして、時折背中が寒くなる。興味の有無で淘汰されてゆくものは、本人にも止められないのだ。

「ママ、函館の暮らし、楽しい？」

「うん、パパも乃理ちゃんもいてくれるし、面白いよ」

父だけは夜景を見下ろしながら仏頂面だ。けれど、いつ別れるか、いつ家族が粉々になってしまうか、怒鳴り声と食器が茶の間を飛び交う日々を思い出せば、今は天国だった。

天国にしては——何となくさびしいけれど。

「寒くない？　やっぱり山の上のほうは冷えるね」

もうちょっと見ていたいという母に風があたらぬよう乃理は風上に立った。幅のある体がこうして役に立つこともあるのだった。徹とは、あれから少し会話が少なくなったように思うが、それも父と母のことに紛れている。どうでもいいと思えるように体が内側から努力をしているようだった。

夜景に夢中になっている母の後ろで、無表情の父が言った。

「年が明けたら、おかあちゃんと一緒に釧路に戻る」

釧路、釧路、と頭の中で繰り返して、ようやく内容を理解する。

「年明けって、あと一か月もないじゃない。なんで？　すっかり冷えた家を暖めるの、時間かかるよ。わざわざいちばん寒い時期に帰らなくてもいいじゃない」

五稜郭の桜を見ながらジンギスカンを食べる約束はどうなったのだ。子供が駄々をこねるようだと思いながら、乃理はおどけたふりをして食い下がる。

「一度家の様子を見て来るだけなんだよね。留守の間は私がママの面倒をみるよ」

父の表情は硬い。夜景など目の端にも入っていないように見えた。

乃理は幼い頃を思い出す。父がこんな顔をするときは、いつも真っ先に姉の智代が殴られていた。父の平手を食らって茶の間の端まで飛ばされながら泣きもしない長女は、両親から子供らしくないと疎ましがられたけれど、結局父は自分の技術を彼女に渡した。母は夫が頼りにする娘を可愛いとは思えなかった。道場通いの道々、いつも言っていたではないか。

――ねえママ、おねえちゃんは連れて行ってあげなくていいの？

――あの子はパパの子だからいいの。乃理ちゃんはママの子だもんね。

「何だったらわたしも釧路に行くよ。最後の片付けとか家を手放す準備もあるだろうし」

家を手放す準備、と父の語尾が訝《いぶか》しげに響いた。

「売るんでしょう、釧路の家。それから、貸家のほうも早めに処分しないと。こんな離れたところから管理するなんて、難しいじゃない」

父の口から鼻から白い息が吹き出して散った。

「誰が売るって言った。お前は何か勘違いしてる。函館の家は俺が先に死んだらおかあちゃんを頼むつもりで買ったんだ」

「だったらなおのこと。こっちにいるほうがお互い安心でしょう。ねえ、すぐ戻って来るんだよね。早く釧路の不動産を処分して、こっちに腰を落ち着けてよ」

夢の中で家を出てゆく母に向かって「ママ、乃理ちゃんを置いて行かないで」と泣いたときと同じだ。あの家に、わたしひとりを置いて行かないで。

お願いだから、連れて行って——

わたしから、ママを取らないで——

父の瞳は冷ややかだった。乃理の願いなどまったく届いていない。ぐるん、と胸の内側にあった大きな塊が一回転したような揺れが起こり、針で刺される痛みがやってきた。

なにか飲まなくちゃ——よろけそうになる体を懸命に両脚で支える。酒の自販機はどこにもない。

「ちょっとその話は置いといて、ママに風邪ひかせたら大変だから、中で温かいものでも飲ませてあげようよ」

サトミの手を握り、ラウンジに向かう。ちょっとした段差があっても、父はさっさとひとりで行ってしまう。ラウンジで空席を見つけてすぐにふたりを座らせた。

母は、澄んだ目で運ばれてきたホットウーロン茶を飲んでいる。テーブルにはジョッキのビールがふたつ並んだ。父はすぐには手をつけようとしなかった。出来れば泡がなくなる前に口をつけたい。乃理はさっとジョッキの取っ手をつかみ、父を見ないで半分空けた。ラウンジに流れるヒーリング音楽も一緒に喉から胃へと落ちてゆく。人心地ついてようやく辺りを見回し、観光客や男女の二人連れ、子連れの若い夫婦が視界に入ってきた。何故いま釧路に戻らねばならないのか問えずにいると、父がひとくちビールを飲んだあと静かに言った。

「俺もずいぶん乱暴に生きてきたかもしれん。女房にも娘たちにも要らん苦労をさせたのはわかっているんだ」

だから、と続いてゆく言葉を、乃理は他人事のように耳に入れる。そうでなくては耐えられそうもない。

「お前があの家で酒を飲む気持ちが、わからないわけじゃない。おかあちゃんに言わせれば、お前は俺とおんなじ性格らしい。人に勝つか一発あてないと安心出来ない性分がそっくりだとすれば、なんでもない日常なんてのはえらく耐え難いもんなんだろうな」

ビールを流し込む体から、涙が溢れてくる。泣いてはいけない、泣く場面ではないと思うほどに、流れ落ちる。この涙がすべてビールだったら可笑しくて更に泣けるに違いない。不機嫌な顔のまま放たれる父の言葉は、もう少しも怖くなかった。目の前にいるのは、何ごとかを悔いているただの老人だ。己の来し方なのか、あるいは育て損ねた娘のことか。

「パパ、あんまり責めないでよ。わたしだってどうにかこうにか、バランス取ってるんだからさ。別に何か不満があるわけじゃないの。ただ」

ちょっとお酒が美味しかったの——声にならなかった。

言ったきり、行ったきり——父は乃理のいいわけに何も返してこない。サトミは変わらずにこやかに窓の外の夜景を見ている。ときどき「きれいだねえ」とつぶやく彼女は、夫も娘も驚くような早さで、この景色を忘れるのだ。

――ママ、早くこんなわたしのことも、忘れてちょうだい。

視界にあった夜景がぼんやりし始め、父の顔も母の顔も、見えなくなった。

第四章　紀和

夏が終わり、海はべた凪《なぎ》だった。

名古屋から苫小牧《とまこまい》へ向かうフェリーのシアターラウンジは、埋まっている客席が一割。夕食で酒が入っているか、船酔いを紛らわせようとやってきた客ばかりだ。

紀和《きわ》のステージ衣装はブルーのオーガンジーにスパンコールの星を散らした一張羅《カクテルドレス》だが、客席にはドレスコードがなかった。

「では最後の曲を。『明日に架ける橋』です」

ピアノのトニー漆原《うるしばら》が曲の紹介をしても、音がむなしく跳ね返ってくる。まばらな拍手のあと、漆原のピアノがイントロを奏で始めた。

紀和は、三十年に及ぶジャズバーでの演奏《タッチ》を譲らない漆原に合わせ、粘りをきかせたサックスで曲に入る。アレンジのきつい演奏に戸惑うこともあったが、活動を始めて一年も経つ頃には年長者の演奏には逆らわずに合わせることを覚えた。年一回の漆原とのコンビも今年で三度目だ。

紀和は、音大を卒業後勤めた旅行会社で人間関係につまずき半年もたず、一度は仕舞ったサックスを持ち直して演奏活動に入った。船の仕事は初めて得たプロ奏者の仕事だ。器用にこなすのが良くないと言われつつ、器用にこなさなくては食べることもままならない。ソロで全国を回るサックス奏者など、ひとにぎりもいないのが現実だった。

漆原のピアノが走りだす。紀和もそれに合わせて走る。溜め始めると、一緒になって溜める。これほど癖のつよいピアノは後にも先にもトニー漆原だけではないか。伴奏だろうがソロだろうが、彼のピアノはいつも手前勝手だ。

九月は台風が多いため船での仕事は敬遠されがちで、べた凪は己の精進かと疑うほどありがたい。嘘か本当か、天候の定まらない時期ゆえ漆原に仕事が回ってくると聞いた。彼から声がかかる紀和も、同じようなものなのだった。

サビで、溜めに溜めた演奏を吐き出すのが恥ずかしいと思う時期は過ぎていた。場所が望む演奏をするのがいいのだ。望まれない演奏は雑音だし、自分は趣味で吹いているわけではない。

三年間、札幌を拠点にして演奏活動をしているといえば聞こえはいいのだが、ホテルのラウンジやイベントのＢＧＭ、トリオ演奏への参加だけでは収入が安定しない。二十代半ばになっても母とのふたり暮らしが終わる気配はないままだ。

子育て期間を専業主婦として過ごした母は、紀和が中学へ上がると同時に離婚を決め、再びハンドルを握りタクシー運転手に戻った。お互いのため、という理由がうっすらと理解できるようになったのは、紀和自身が短い恋を三度経験した後だった。

この夏、目立ち始めた白髪を美しいブラウンに染めた母は「わたしもいい加減、新しい相手が欲しいな」と言って紀和を驚かせた。離婚して十年以上も経つのだ。本当はもう、新しい人がいるのかもしれない。

紀和は母に恋人ができたら一人暮らしをしようと決めていた。しかし、この収入ではとても無理だ。毎月、父に会うたびにもらう小遣いも、衣装代や交通費に消え、貯金もままならない。

紀和が楽器を始めたのは父の勧めで、彼が「ケニー・G」を好きだったから——サックスを習うと決めた中学生の娘に一本五十万もする楽器を買い与えた男の、秘めた詫《わ》びが高いサックスだったというのなら仕方ない。

——紀和がお父さんの好きな曲を吹いてくれるなら、安いもんだ。初めて使う楽器はいいものの方がいい。農家育ちで楽器なんて持つ余裕はどこにもなかったから、お父さんの夢は紀和が叶えてくれよ。

——わかった。なにが聴きたい？

十代の初め、父親との関係にぎこちなさが生まれてもおかしくない時期、父は離婚で手放した一人娘にひと一倍優しかった。多かった出張の理由が、仕事ばかりでもなかったことは別れて暮らすようになってからしばらくして知った。

不思議なことに、父が見え透いた嘘を重ねても家に戻らなくなっても、母は大騒ぎをしなかった。あの静けさはいったい何だったのか、今もよく分からない。同じ家に暮らしていない、というだけで毎月会う父の優しさは変わらなかったし、母もまた同じだった。

父がいつか吹いてくれと言った曲の名が『明日に架ける橋』だったことを、吹き始めてから思い出した。

父はこんな湿っぽい吹き方を望んだろうか、と思うと知らず知らず笑いがこみ上げてくる。

今月は船を下りて足下の揺れがおさまる頃会う予定だった。二十代半ばになって父親に金をもらうことに抵抗がないと言ったら嘘になる。けれど「親だと思えば腹が立つだろうから、親戚のおじさんか兄だと思ってもらえたらありがたい」と言われると弱い。父には、付き合った男の話から、別れ話、進路の相談までしてきたのだった。こんな存在があるばかりに、恋愛関係も長続きしない。父に都合のいい娘に育った感は否めず、今となっては誰を恨むことも出来ないのだった。

溜めに溜めたサビを吹き終える頃、紀和の視界で人が動いた。一番前の座席に座っていた老夫婦の、夫の方が中腰のままステージの縁に近づき、小さく畳んだティッシュを置いた。

投げ銭《チップ》――

紀和はピアノ演奏が終わってから、ドレスの裾を気にしつつ白い包みを手のひらに収めた。八十前後の老夫婦はまだ拍手をしている。

卑屈に見えない会釈も覚えた。にっこり微笑むと、妻がするするとステージに近づいてきた。戸惑う紀和に、右手を高くあげて握手を求めてくる。左手でストラップにかけた楽器を押さえ、腰を落として老女の手を握った。

席に戻った彼女は子供みたいにきらきらとした目で夫に右手を見せている。

トニー漆原が、紀和に断らずにアンコールを決める。曲目は『津軽海峡・冬景色』と『マイ・ハート・ウィル・ゴー・オン』だ。航海の二晩目に津軽海峡を越えることに絡めた一曲目と、二曲目は映画『タイタニック』のテーマ曲である。

乗船初日のステージで、沈む船の映画音楽はどうなのか。

「ヒット映画だし、いいじゃねえか」で済ませるデリカシーのない漆原の選曲に逆らわず、紀和はサックスを持ち直した。立ち上がりかけた客も、座席に座り直す。それみろ、というトニー漆原のにやついた顔には反応しない。

ステージが終わり、十人ほどの客をドアの前で見送る。数えないようにしようと思っていても数えてしまうのが不思議だ。

さきほどチップをくれた老夫婦が、最後の見送り客だった。

「初めて乗った船で、こんな素敵な演奏を聴けるとは思わなかったです。ありがとう」

足下がぐらつきがちな妻の手を握りながら、老人が深々と頭を下げた。こちらこそ、熱心に聴いていただいて嬉しいです、と応える。しみじみと、敬うような口調で彼が言った。

「音楽大学のご出身なんですねえ」

パンフレットに書かれてあったことなので「ええ」と答えた。けっこうな学費を支払ってサックス奏者を名乗っているもののギャラは雀の涙です、とは言えない。名古屋との往復も、狭い船室ではあるが寝る場所と食事がついており、待遇自体は決して悪くないのだ。

音楽で食べてゆくのは無理ですよ、と言われながら、音楽とはまったく関係のない仕事をするのも今となっては苦痛だ。職場の人間関係に汲々《きゆうきゆう》とするくらいならば、トニー漆原の汚れピアノに合わせている方がましなのだ。収入が追いつかないのは、売り込み不足と見込みの甘さか。

投げ銭ライブならまだしも、船上のシアターラウンジで一段高い場所での演奏にチップがあるのは珍しかった。紀和は丁寧に礼を言い、求められた握手に応える。ふたりとも音楽が好きなのは見ていてよく分かった。手を取られながらにこやかに夫を見つめる老女は、彼が喜んでいることが嬉しいようだ。

「明日も、この会場で演奏を聴けるんでしょうかね」

老人の質問に「はい。明日は八時半からです」と答えた。

「日中は、昼食が終わった頃、ティータイムにミニコンサートがあります。昼食会場で、何曲か演奏させていただきますので、よろしかったら聴いてください」

老夫婦は顔を見合わせて喜んでいる。こんな出会いがあるのなら、船の仕事もいいかもしれない。すべての客が去り、それを見送ったあと、トニー漆原が紀和の胸元まで右の手のひらを差しだした。咄嗟に後ずさる。

「あれ、出せよ」

「あれって、なんですか」

「投げ銭だよ、さっきのチップ。演奏家はふたり、チップは折半と決まってるだろうが」

酒臭い息が体温に混じって漂ってくる。しぶしぶドレスの胸元から畳まれたティッシュを取り出すと、さっと取り上げられた。包みの中には一万円札が四つ折りになって入っていた。悔しいながらそれでも五千円が懐に入ることを想像する。

漆原は尻のポケットから四隅の革がボロボロになった札入れを取り出すと、中から千円札を一枚二枚と数えながら抜き取った。

「あ、悪い」

手持ちの千円札は四枚しかないという。あとで渡すからという彼の言葉を聞くも釈然としない。ちいさくため息を吐いたのがバレたのか、漆原が「ひひひ」と笑いながら言った。

「お嬢、お前は気分が顔に出るから演奏家は向いてねえよ。音大の特待生様だかなんだか知らないが、現場は別だ。船を下りたらさっさと就職先を探した方がいいんじゃねえのか」

演奏スタイルが地味だとか華がないとかはもちろん、音楽以外の部分でも一重まぶたの目が暗いとか、曲やメンバー紹介の役目は回ってきたことがないとか、自分がステージ向きの人間でないことは陰で嫌というほど言われてきた。相手が誰であれ面と向かって言われると、悔しいのを通り越してかえって爽快だ。

チップのおかたを、今夜の酒代に換えてしまう漆原の背を見送り、紀和は言い返す気力も湧かないまま窓のない船室へと戻った。

演奏後の遅いブッフェも、乗客と同じものが摂《と》れる。酒さえつけなければギャラはまるごと残る。風呂も入り放題だし、船旅の好きな人間ならば楽しいだろう。船酔いをしないことで得られる報酬だ。こんな体質に産んでくれた親には感謝している。

紀和はときどき自分が両親の歴史に残ることについて考える。「家族」が壊れた後に「残ってしまった」ものなのか「残したもの」なのか——思い出なのか、邪魔なのか。いずれにしても存在してしまうふたりの「過去」が紀和だった。

外海に出る前に入っていたメールをチェックする。未読になっているメールの中に父からのものがあった。紀和は開く前に楽器の手入れを始めた。

サックス本体から、ネックとマウスピースを外し、リードも外してひとつひとつ除菌シートで拭き水分を取る。パーツの水気を吸い取り、乾かしたあと一度ケースに仕舞った。

音大入学の際、祝いにと父が買ってくれたセルマーだった。学費は元夫婦の折半で、三桁のサックスは一生ものだ。父はこのサックスを娘に買い与えるためにけっこうな無理をしたのではないか、と働くようになってから気づいた。紀和の収入では、何年で返せるか分からぬ額だ。大学時代の演奏会には来てくれたが、仕事で吹くようになってからの演奏を聴かせたことはなかった。もっともこの楽器で汚れピアノに合わせた『明日に架ける橋』を聴かせるのは忍びない。

カクテルドレスをハンガーに掛け、ジーンズとシャツに着替えた。
七、八人が席に着いているブッフェで、紀和もディナーの残りをプレートにのせて端の席を選んだ。ラストオーダーの時刻は過ぎており、みな同じように端の席でひとりなのを見れば船の関係者なのだろう。それぞれ、うつむき加減で夜中の食事を摂っている。

紀和は足下に響くエンジンの振動と緩く上下する船体に押し上げられながら、冷えた唐揚げを口に運ぶ。ポテトサラダとミネストローネ、ラザニア。ひととおり腹に収め、ロビーに出た。テイクアウトのコーヒーを片手に、ロビーの長椅子に腰を下ろすと、甲板への出入り口から先ほどの老夫婦が入ってきた。ああどうもと頭を下げ合うと、妻が紀和の横に腰を下ろした。

「楽器で好きな曲を演奏できるのって、楽しいでしょうねえ」

「ええ、まあ」

「ちいさい頃からやってらしたの？」

「中学に入ってからです。父がサックスが好きで、それで」

「お父様も音楽家なの？」

「いいえ、父は会社員です」

素直に答えすぎか、と口を閉じたところで、老人が妻の手を取った。

「おかあちゃん、そんなに質問ばっかりしたら駄目だ。困らせてしまうだろう」

ちいさな子供を諭《さと》しているような気配だ。はっとして老女を見た。好奇心を隠そうとしないきらきらとした瞳に、紀和が映っている。遠慮のない瞳は、童女そのものだった。

「すみませんねえ」と老人が目を伏せた。

「ここ二、三年ですっかりこんな風になってしまいまして。毎日こんな調子です。いちばん困るのが飯を食ってないって騒ぐことですねえ。若い頃は子供に腹が減ったと言われるのがつらかったもんですが、こんな年になってちゃんと食べさせているはずの女房に毎日それを言われるようになるとは思わなかったです」

言ったそばから妻が「お腹空いた」とつぶやくのだった。

「晩飯は食べたよ、おかあちゃん。また忘れたのかい」

「食べた？　本当？」

「うん、食べたんだ。もう遅いから、部屋に戻ろう」

「まだ海を見てないよね」

「見たよ。寒いって言って戻ってきたところで、この方にお会いしたんだよ」

嚙んで含めるように、夫が妻をいたわるのを見ていた。まばらな客席で熱心に演奏を聴いてくれていたふたりを、時間の向こう側の両親に重ねた。紀和の両親が手放した未来を、あるいは自分が得られなかった家族を眺めているような感覚に襲われながら、ただ微笑むしかない。

「あなた、さっき楽器を演奏してらした方でしょう？」

老女の思考がぐるりと一周して紀和のところに帰ってきた。横で老人がちいさく頭を下げる。紀和はふたりに「ちょっと待ってて」と告げ、ブッフェのテイクアウト用ドリンクバーで温かい紅茶をふたつカップに入れて戻った。

ロビーの長椅子に肩を寄せて座っている老夫婦に差し出す。

「今夜は海も凪いでいて、良かったですね」

老人のほっとした気配が伝わってくる。四六時中、見張るように妻の様子を視界に入れ続ける彼の心労を想像してみるが、うまく着地しない。それでも、ふたりだけでいるよりこうして誰かを間に挟んでいるときの方がいくらか気も休まるのではないか。

「おふたりは、名古屋からのご旅行ですか」

「いや、北海道に戻るところなんですわ」

ふたりは釧路からやってきて、今は復路であるという。

紀和は道東から苫小牧まで、老人が自分で車を運転してきたということにまず驚き、八十二歳という年齢に少し不安を覚えた。彼は「心配も当然なんですがね」と切り出し、周囲の意見をすべて聞いていたら死んだも同然の暮らしになってしまうのだと笑った。

「多少、判断力は鈍ってます。その自覚はあるんです。でも、ゆっくりと走っているぶんには大丈夫です。急ぐ車には追い越してもらってますんでね」

それに、と彼は少し言いにくそうな表情を振り落として続けた。

「家にいると、お互いに食べ物のことばかり気にしているんですよ。糖尿病の人間に高カロリーなものは食べさせられないんです。けど、食べたことも忘れてる人間と、食べさせないように気をつけているこっちと、誰が悪いと言えないのがいちばんきつくてね。それが車の助手席に乗せているときだけは気が紛れるようなんです。目から入ってくる情報が多いお陰なのか分かりませんが、ずっと景色を見ているわけですよ。それに気づいたときはただありがたくてねえ。周りがなんと言おうと、運転はやめるまいって思ったんです」

釧路を出て帯広に一泊し、苫小牧から船に乗り、名古屋に一泊してまた北海道に戻るのだという。運転しているあいだの緊張と妻の面倒で、この老人が倒れてしまわないかと案じてしまう。紀和の心配を見て取ったのか、彼は穏やかな笑顔で「休み休みやってますから」と言った。

「シアターラウンジでとっても熱心に演奏を聴いてくださって、嬉しかったんです。わたしのやっていることも、車の外を流れて行く景色みたいなものですから。立ち止まって聴いてくださっただけで、演奏している甲斐があるんです」

わざわざ足を運んでもらえる演奏家になるには、もう一歩も二歩も前に出なくてはいけないのだ。技術的にはそう違わないはず、と思うところに落とし穴があるのだと言ったのは、漆原だった。

本人が楽しんでいるかどうかが大切だ、お前はどうだ、と問われても自信を持って頷くことが出来なかった。

就職後は母とも離れて一人で暮らしてゆくはずが、会社勤めが続かなかったことでサックス一本しか社会との繋がりがなくなり、母と娘のお互いの自立もままならなくなっている。

老人が「ずっと船で演奏しているのか」と問うた。

「普段はバーで演奏したり、ロビーコンサートやイベントに呼ばれたりしています。サックス一本で暮らすのは――」

苦しいと言いかけてやめた。そんなことをこぼすような場面ではない。老人も、演奏家の生活のことについては深く訊ねなかった。

「好きなことを仕事にするのは、いろいろ大変なこともあるでしょうが、差し引きゼロなら御《おん》の字ですねえ」

「差し引きゼロですか」と、紀和は老人に問うた。

「好きでやってるという諦めが助けてくれる場面がありますからねえ」

なるほどと相づちを打ちながら、納得するにはもう少し足りない。ぴたりと体をつけて座っている妻の様子を気遣いながら、彼は自分の言葉に満足した風で、少し遠い目になった。軽く船体が持ち上げられる。外海のうねりに今度は沈みながら、紀和は彼に「失礼ですが」と職業を訊ねた。

少し迷った様子を見せながら、しかし訊かれて嫌な質問でもなかったようで、はにかみながら「元々は床屋でした」と言った。

「わたしも女房も、中学を出てすぐに奉公に上がった職人でしてね。学がないのと負けん気の強さが災いして、人に勝つことばっかり考えてきました。床屋の世界にも技術の競争がありまして、年に一度の全国大会に向けて、腕に覚えのある職人が競うわけです」

彼はそこでほんの少し言葉を切った。隣に座る妻が、楽しそうに頷きながら夫の話を聞いている。

「初めての参加で全国大会まで勝ち進んだのがいけなかった」

聞けば、ちいさな街から二十歳そこそこの職人が全国大会に駒を進めたというので、街も業界も色めきたった。青年もその気になり、早くに独立を決めた。ふたつ年下の、街でもそこそこ評判の良かった同業の妻を迎えたときは、周囲のやっかみさえ気分が良かったという。

「そこからは毎年、競技会が近づくと気が立ってしまいましてね。娘がふたり生まれても、髪の毛にしか目が行きません。家族なんぞ、ただの実験台としか思えなかった。娘の髪が伸びるのが待てないんですから困ったもんです。もちろん商売もそっちのけでしたから、女房には苦労かけましたねえ」

彼が全国大会に行けたのは、初回のみだった。翌年からは奮起した札幌の職人が上位を占めるようになったという。道東では優勝のトロフィーを握るのに、全道大会では全国大会進出の枠から外れ続けた。

「そんなことを十年も続けていますと、どんどん若い者が出てきましてね。それが悔しくてたまらないんですよ。他人様《ひとさま》に勝てるのがそれしかないもんですから。周りからもういい加減に指導に回れと言われてもやめなかった。挙げ句の果てに長女を中学卒業と同時に床屋の修業に出しましてね。自分の仇《あだ》を取ってもらおうなんてことを本気で考えてました」

馬鹿ですねえ――彼の人生に搦めとられるようにして生きてきた妻と娘の姿が見えるようだった。

「競技会をやめたあとは、とにかく人に勝つにはなにをやればいいのかばかり考えてましてね。いっそ誰も出来ないような商売をすればいいんだと思ったんですよ」

彼が手を出したのは、リゾート開発だった。そこで、娘と一緒にビューティーサロンを開くのが夢になったのだという。

「それまで商売なんて見向きもしなかったのに、いきなりリゾート開発ですよ。結果はご想像のとおりです」

だから妻の認知症が進んでもこのとおり、娘たちには頼れないのだと笑う姿は、内容にそぐわず清々しい。旅に出たのも妻の症状が落ち着く「動く景色」を得るためだという。

「子供とおんなじですね、こうなると。何でも面白くて、何でも楽しいようなんですよ。粗相をして怒鳴りつけても、ちょっとするとすぐ忘れてくれるんで、ありがたいやら情けないやら」

話が現在に至ると途端に湿っぽくなる。老人も少し喋りすぎたことを反省した風で、「すみません」と頭を下げた。

「見ず知らずの、孫と同じ年頃の方に話すことでもなかったんですが」

紀和は、謝りながら船室へと向かうふたりを見送った。老人の姿は、二十歳になる前に子供をもうけた同級生に似ていた。手を離すとどこに行ってしまうか分からぬ幼児を抱えた友人からは、「こんな調子でお喋りしても落ち着かないから幼稚園に入れたらまた会おう」と言われたきり連絡がない。

子供は大きくなるけれど、老いた妻の場合はどうなんだろう。どんどん悪化してゆく症状と、重ねてゆく年齢と——不安ばかりの毎日を、あの老人がどう過ごしているのか、想像が出来ない。

紀和が再び老夫婦を見たのは、翌日の昼食会場だった。食事の邪魔にならぬよう映画音楽を五曲演奏する。こちらを見ている乗客もいるし、構わず会話を続けるテーブルもある。夜のステージとは違い、紀和の服装もオーバーサイズの白シャツとエメラルドグリーンのロングスカートだ。

明るい場所なので、昨夜より客の顔がはっきりと分かる。定年後に車での旅を楽しんでいる年配の夫婦、ビール片手にぼんやりしている旅の若者、遅い夏休みを取った風呂上がりのライダーたち。

演奏を始めたところで、手前のテーブルに席を移した二組のうちの一方が昨夜の老夫婦だった。

BGMとして静かに現れ静かに去るので、曲の紹介もなく演奏に入る。『ロミオとジュリエット』『太陽がいっぱい』『ニュー・シネマ・パラダイス』『慕情』の映画音楽。

四曲目で、妻の肩が不規則に揺れ始めたのが視界に入った。老人の手が妻の背を撫でている。それまでは子供のような好奇心いっぱいの瞳だった彼女の目に盛り上がった涙が、次から次へとこぼれ落ちる。紀和は演奏が乱れぬよう老夫婦から目を逸らした。『金曜ロードショー』の初代テーマ曲だという『フライデーナイト・ファンタジー』を演奏し終えたところで礼をした。まばらな拍手に見送られ、会場を後にした。

船室で楽器の手入れをしながら思い浮かべるのは、老女の涙だった。映画音楽には百人百様の記憶がついてくる。自分の演奏が人を泣かせるほどのものではなかったことがはっきりと分かるだけに、なにやら複雑な思いに搦めとられる。食事や会話の邪魔にならぬよう吹くサックスの、役目は全うしたけれど、それだけなのだ。

ふと、今ならまだ近くにいるかもしれないと思い立ち、船室を出た。ロビーを抜けて、舳先《へさき》の甲板に出る。海原の中へ滑り込んだような景色に、一瞬目がくらむ。まぶしさに目を瞑り、ゆっくりと開いた。

ふたりは、船首に向かう途中の甲板のベンチに腰を下ろしていた。紀和が近づいてゆくと、老人が気づいて軽く片手を上げた。親しみを込めた笑顔が返ってきたのでほっとして声をかけた。

「こんにちは。いいお天気で良かったですね。荒れるときは本当にひどいですから。この凪は、わたしも助かります。夏場は大型の台風が来て、ずいぶん欠航になったと聞きました」

いい時に旅が出来て良かったです、と老人が応える。エンジン音と海風にかき消されて、声も聞き取りにくい。知らず、お互いに声が大きくなる。

毎日見ず知らずの乗客と話すのが苦痛にならないと母が言う。紀和はお互いの頭の作りが違うと、常々思っている。他人とコミュニケーションを取らねばならないことが苦痛だった頃の、短い会社員生活を振り返っても、人に話しかけたことなど数えるほどしかない。トニー漆原との仕事は音も会話もどれもがちぐはぐだったが、演奏以外のことをしなくていいのだった。

紀和がベンチの端に腰を下ろすと、カモメが一羽甲板の近くをかすめていった。鳥の羽に誘われるように、妻が立ち上がり手すりに摑まった。老人は妻から視線を外さず、ぽつぽつと話し出した。

「さっきは、お見苦しいところをお見せしましたねえ。懐かしかったんだと思いますけど、あの曲で涙が出るとは。まだ若いときのことを覚えているんだと思ったら、なんだか哀れになりました」

「映画は、おふたりでご覧になったんですか」

照れながら頷く彼の目にも、わずかな潤みが見える。見てはいけないものかもしれぬと思い、目を伏せた。

「付き合い始めの貧乏時代に、中古のバイクを買いましてね、その時リバイバル映画を観にふたりで出かけたんです。奉公先では仕事を覚えるのに必死で映画どころじゃなかったですし。あのときの映画だったことを、わたしより先に思い出したようです」

老女の服装は貧乏だったという時代を感じさせないくらい、上質な素材のパンツスーツだった。洋服も靴も、安物ではない。

「最後の旅に相応《ふさわ》しい曲でした」

ぽつりと漏らした言葉の意味を、訊ねられなかった。黙っていると、彼の独り言が風と一緒に流れてゆく。

「免許を返上しろと、娘たちが言うんですよ。十代の終わりに、中古のバイクから始めた運転でしたが、この旅を終えたら車も手放さなくてはいけないんです。まさか自分にこんな時間が来るとは思わなかったですねえ。借金のカタに車を持って行かれたことは何度かありましたけど、免許まで取られたことはなかったんだ」

「名古屋までカーフェリーで旅が出来るなんて、お元気だなあって羨ましく思ってましたけれど」

いやあ――老人はそのときだけは頭を掻かんばかりの仕草で片手を振った。

「名古屋の街の中は走ることが出来ませんでした。道内はなんとかなりましたけれどね、それも対向車のあまりない一本道だからだったんでしょうね。悔しいので娘たちには言いませんが、正直なことを言うと知らない街はちょっと怖かったですね。なんでもっと若い頃に旅行しなかったんだろうと悔やまれますよ」

今回の旅はふたりいる娘たちには内緒なのだと告げるときだけ、老人の頬に笑みが戻った。

実際に八十二という年齢が体力的にどのくらい衰えるものなのか、周囲を見ても個人差がありよく分からない。つまりは人によるのだという曖昧な着地点しか得られないのだった。

免許返上の覚悟を決めて最後の旅に出た老夫婦のこれからと、失われつつある老女の記憶が紀和の中でうまくバランスを取れないままだ。カモメが彼女の記憶をついばんでいるような錯覚が起こる。不思議と、哀れむ気持ちにはならなかった。

「今夜もラウンジで演奏されるんですよね」

「ええ、昨夜とは曲目を替えますので、楽しんでいただけたら嬉しいです」

老人は手すりに摑まる妻の背中に視線を泳がせ、一曲リクエストしてもいいかと言った。ピアノに相談して自分にも出来る曲ならば、と断りを入れてその曲を訊ねる。

「オードリー・ヘプバーンの映画で、あの、宝石屋の前でパンを食べるところから始まる映画、なんでしたか――」

スタンダードナンバーはだいたい記憶している。映画は観ていないものの方が多いが、パンを食べているシーン、と女優の名前だけで思い浮かぶタイトルをあげた。

「『ティファニーで朝食を』で、あっていますか」

そうです、を何度か繰り返し、老人がひどく喜んだので紀和も安心した。

「それでしたら、『ムーン・リバー』です。演奏できますよ、大丈夫」

彼がとても嬉しそうにするので、漆原の了解も取らずに承知してしまった。安請け合いだったろうか、と思ったときにはもう、彼の視線は妻に向けられており、彼の、懺悔《ざんげ》にも似た昔話へと話題が移っていた。

「女房がいつかやってみたかったというのが社交ダンスだったらしいんですよ。わたしはそういうの全然駄目でしてね。理解もなかったし、こんなになった今でも自分の女房が余所の男と手を繫いで踊るなんていうのは我慢ならないんです。少し生活に余裕が出てきた頃、四十を過ぎたあたりだったでしょうか、一生に一度と思ったんでしょう、買い物に行くふりをしてこっそりダンス教室に通ってたんです。カーステレオのデッキに毎度その曲のテープが入ってたんですよ」

微笑ましい話だと思いながら頷いていた紀和を、続けて放たれた老人の言葉が殴ってゆく。

「わたしも博打をちょっとやるものだから、女房の財布から金をちょろまかすなんてことは日常茶飯事でしてね。彼女も油断していたのか、手提げバッグの中にダンスシューズを入れたままにしてたんです」

ダンスシューズ、という単語が聞こえたのかどうか、老女が一度振り向いた。夫に向かって「パパ、いい天気だよ」と微笑んで再び海に目を向ける。

「あれほど許さないと言っていた社交ダンス教室に通っていると知って――」

彼は妻の顔が変形するほど殴った過去を打ち明ける。

鼻や口から血を流しながらなお、殴っているこちらを見ている目に耐えられなかった――老人の打ち明け話に、なぜ今そんなことを、と紀和は自分の表情が曇るのを止められず目を伏せた。内容にはそぐわない晴れやかな口調で老人は続ける。

「このくらい痛めつければ、もうどこにも行かないだろうと思ったんです。女子供を殴ったり蹴ったりしてても、あの男はそういうヤツだから、で済まされる時代でした。隣近所の人間も、わたしが顔を真っ赤にして女房を殴っているときは何も言いません。娘たちは、自分たちが止めに入れば一緒に殴られるので、一生懸命に近くの大人を呼ぶんですよ。でもね、誰も来ないんです。一度手をあげてしまうとね、止めて欲しいと思っていても止まらないんです。あるところでは叩いている自分の姿を冷静に想像できているのに、不思議なことに現実に叩いている手が――止まらないんです」

潮風が冷たく感じられるくらい長い間をあけて、彼がぽつりと漏らした。

「最近、ときどき女房を叩いてしまうんです。彼女がすぐに忘れてしまうのが、救いなのか罰なのか、よく分からないんです。おかしな話ですよ。叩かれた方が忘れてしまっていて、叩いた方は覚えていなけりゃならないなんて。世界が逆転してしまったみたいで、これはこれで居心地悪いもんですねえ」

言葉も出ない、というのはこういうことか。そう思いながらそっと老女の背中へ視線を移す。長い懺悔を終えた老人は、紀和に自身の荷物のいくばくかを背負わせたことにはあまり気が回らぬようだ。

「今夜の演奏、楽しみにしています」

船尾に行って、長く尾を引く波の景色を見てから戻るという彼らと別れ、紀和は売店でペットボトルの紅茶を買い船室に戻った。十六時四十分には予定通り仙台港に着岸予定というアナウンスが入る。船の周りにカモメが飛び交っているのも、陸が近いせいなのだった。

端末を操作して楽譜を出した。この曲ならば楽譜なしでもいける。漆原もさんざん演奏してきたはずで、無理な選曲ではない。問題は彼の、凪とは遠い自尊心ひとつだ。ひねくれているのはお互いさまだろうが、対等に話せる年齢でも関係でもないのが厄介だ。

仕方ない、昨日のチップをカタにするか。漆原には千円の貸しがある。紀和はその金で彼の自尊心を収めてもらうよう決めた。

夕刻、打ち合わせの際に事情を話す紀和を、漆原は珍しい動物でも見るような目で見た。

「お前さんがそういう慈愛に満ちた話を仕入れてくるとはねえ」

「すみません、個人的な感情でこんなことをお願いして」

「いや、そういう経験は大事。この仕事を長くやってると、そんなことは腐るほど経験するわけでさ。その腐るくらいある記憶を食べながら舞台に上がる日もあるわけよ。それって好き勝手やってるヤツのささやかな貯金だからね。いいと思うよ、俺は」

いちいちカンに障る言い方をするのは彼の癖なのだ。紀和は臍《へそ》が曲がりそうになるのをこらえ、矛先を漆原に向けないよう気をつけながら「どこに入れるかは、お任せします」と頭を下げた。

「任しといて、俺そういう話嫌いじゃないんで。お涙頂戴に持って行くのなんてさ、実際のところ赤子の手をひねるようなもんなんだよ」

漆原は紀和の話を面白がって、その日の選曲を組み替えた。ずらりと並べてみれば、どこかもの悲しい映画音楽ばかりだ。もの悲しさのなかにささやかな「満足」を得られれば「共感」を引き出すのはたやすいのだと漆原が笑う。

「音楽はね、記憶なの。聴いたことのない曲はこの先の記憶になり、どこかで聴いたことのある曲からは記憶を引っ張り出せる。数限りない感情の中から記憶ごと浮かび上がってきたところでメロディをかぶせてかぶせて更に畳み掛ければ、人間ってのは嫌でも泣くように出来てるのさ」

だから俺たちには「感情」なんてものは要らないんだ、と漆原が言う。そうとも言い切れないだろうと思うのは紀和の経験不足なのか、それともまだどこかで人に期待しているせいなのか。

いずれにしても、今夜の演奏であの老夫婦の旅がよりよい思い出になればいい。誰が聴いていてもいなくても、ステージは変わらずそこに在る。

「好きに吹いていいよ、俺はどんなラッパにでも合わせられるし」

漆原から千円が戻ってくる気配はなく、紀和からも言い出す機会がなくなった。

カクテルドレスに着替えた十分後、ステージに上がった。老夫婦は昨夜と同じ最前列に座っている。仙台から乗り込んだ客が多かったのか、昨日より客席が埋まっていた。

『ひまわり』から始まった映画音楽の夕べは「聴いたことのない曲はないはずだ」という徹底的な媚《こび》で、拍手も多く好評だった。拍手ひとつで満足している自分に耐えがたい痛みを感じながら、けれど悪い気はしないのが厄介だ。

紀和のすぐ前の席で、老女がやはり昨日と同じく目をきらきらさせながらこちらを見ている。どこまでが失われてゆく記憶なのか、残っているものが何なのか、その瞳からは分からない。初めて聴く曲のように、スタンダードナンバーを聴けることも、またひとつの幸福なのでは、と思いながら音を重ねた。

『ムーン・リバー』を演奏し始めたところで、老人が座席から背を浮かせたのが見えた。皮膚からしみこんでくるような視線を受けながら、紀和はサックスを吹く。この曲ばかりはピアノも従順だ。

リクエスト曲を演奏し終えてラストの曲へ入る少し前に、老人が再びステージの縁に畳んだ白い紙を置いた。船の旅の最後を飾るのは映画『戦場のメリークリスマス』のテーマ曲だ。なぜ秋にこんな曲を、と思わないこともないのだが、ピアノのイントロが始まったところでなんとなく漆原の湿った部分を見たように思った。

坂本龍一に憧れていた過去が垣間見える。紀和の拾ってきた湿っぽい話に負けぬだけの湿度で、トニー漆原が鍵盤を叩く。ゆるやかにサックスをのせてゆく。ラストの一曲は彼のためのステージになった。

シアターラウンジでのコンサートを終えて、ドアの前で客を見送る。老人はにっこりと笑い、握手をしただけで今夜は特別話したい様子もなく去って行った。

なにかひとこと感想が聞けるものと思っていた紀和は、肩すかしを食った思いで投げ銭の包みを漆原に差し出した。

漆原は廊下を歩きながらひらひらと包みを開け、一瞬動きを止めた。

「なんでぇ、あんなにサービスしたってのによう。今日はお前さんのもんじゃねえか。なにか頼み事が書いてある」

言葉ほどやさぐれた仕草でもなく、包みは紀和に戻ってきた。

昨日と同じく、一万円札が四つに折り畳まれて包んであった。違うのは、包みが二枚にわたる便せんであったことと、びっしりと手書きの文字が並んでいたことだった。

『きのうと今日と、老人のわがままにおつき合いくださり、本当にありがとうございました。おかげさまで、家内との最初で最後の船旅も楽しく終えることが出来そうです。音楽というのは本当にいいものだと、あなた様の演そうを聴き改めて感じ入りました。さて、わがままついでにひとつお願いがございます。面倒なことではございません。明日の下船のとき、わたしが船から車を降ろす際、家内がひとりになります。乗組員に頼むのがいいとは思いつつ、出来ましたならばあなた様にお願いしたいのです。家内はご飯を食べているときも眠る前も、船旅の良い思い出をくださったあなたのことばかり話しております。車を陸に降ろしましたら、すぐにフェリーターミナルへ迎えに参りますので、どうか家内と一緒に下船していただけますでしょうか。明日十時半、エントランスホールでお待ちしております。どうかどうか、よろしくお願いいたします』

そのくらいならば、とひとつちいさく息を吐く。ターミナルまで彼女を連れて行けばいいのだ。紀和と別れたあと彼らの車中での会話は、彼女が紀和のことを忘れるまで続く。船室に戻り、広げた札を財布へと滑り込ませた。紀和の「道中が少しでも楽しいものになれば」という偽善めいた思いに一万円の値がついた。

翌日午前十一時、船は苫小牧港に着いた。紀和はエントランスホールで老人の妻を預かり、手を引いて船を下りた。揺れの少ない船だったが、下りた後も床が足裏を押し返す感覚は残っている。足下を気にしながら、怖がる彼女を陸に下ろすと、半ば自分の役目を終えたような気持ちになった。

下船すると、海のにおいもいくぶん薄れたような気がする。船が見える場所にあったベンチに腰掛け、紀和は老女とふたりで老人が迎えにやってくるのを待った。

三十分ほどのあいだに一度トイレに誘った。彼女は驚くほど素直で、紀和の顔を見上げては、昔観た映画の話をする。

「わたし若い頃ね、オードリー・ヘプバーンに似てるって言われたこともあるの」

想像し難い今ではあるけれど、そんな昔話が女の時間を優しく包むことも信じられて、紀和は彼女の話に耳を傾けた。

「お名前を伺ってませんでしたね」

「サトミです。カタカナで、サトミ」

「サトミさん、おいくつでしたっけ」

ふと考え込む表情になった彼女が「あら、いくつだったかしら」と空間を見つめる。べつに無理して思い出さなくても、と言いかけたところで彼女が大きく頷いた。

「思い出した。五十になりました、このあいだ。わたし、どうしてこんな大事なことを忘れるようになっちゃったんだろう。困るわねえ」

もうとっくに越したであろう五十歳の頃に戻れる心の自由さが、彼女の瞳を輝かせている。サトミと一緒に旅をして、夫である彼もまた妻の心と同じ年代に戻る現実を楽しんでいたのではないか。

紀和は再び、老夫婦の姿に両親の姿を重ねた。離婚しなかった老夫婦だからこそ得られた今なのだった。離婚を決断した時の両親は何が幸福なのかを量ることが出来ないぶん、未来の幸福感に賭けたのかもしれない。ふたりの歴史から、家族から、ぽっかりとその存在を浮かせてしまう子供のことは、さておいて——

ターミナルの待合室が閑散とする頃になってもなかなか老人はやって来ない。

苫小牧駅に向かうバス、札幌直行のバスが出ても、老人は来なかった。紀和も、さすがにこれはおかしいと思い始め、受付窓口へサトミを連れて行った。

事情を話すと、窓口の中年女性が老夫婦との関係を訊ねた。船の上で知り合ったばかりで名字も知らないと答える。途端に気の毒そうな表情へと変わった。

乗船名簿から「サトミ」の名前とおおよその年齢、夫婦で乗っていたことなどをメモに書き留めてもらい、窓口係に勧められたベンチに腰を下ろす。

「サトミさん、お腹空きませんか、大丈夫ですか」

「パパと一緒に食べますから、大丈夫ですよ。あなた、お腹が空きましたか？　なにか買ってきてあげましょうか」

「いいえ、わたしは」

時間の流れになんの疑問も持たないまま、飽きることもなく彼女は夫が迎えに来るのを待っているのだった。窓口係の気の毒そうな顔がちらついて離れない。このまま老人が来なかったら、窓口の職員にサトミを託すことも頭を過った。しかしサトミののんびりとした空気の流れに入るとそれも端から溶けてゆく。

うつらうつらし始めたサトミの横で、紀和はキャリーバッグのポケットから昨夜老人が札を包んでいた便せんを取り出して広げた。

家内との最初で最後の船旅――

その重々しい響きのまま文面は「面倒なことではございません」に続くのだった。そこだけが妙に薄く感じられ背筋が寒くなる。薄暗い場所からふわりと昔読んだ「姥《うば》捨て」の小説が浮かび上がり、更に寒気が増した。

十四時、食事のタイミングを逃したことでサトミの具合が悪くならなければいいのだが、と思い始めたところで窓口が騒がしくなった。

窓口係の女性が待合室のベンチの前までやってきた。後ろには背広姿の男性職員が立っている。険しい表情に、良い知らせではないことを感じ取った。

紀和の耳元に口を寄せ、窓口係の女性が言った。

「ご主人、事故を起こして病院に搬送されてたんだって」

出来るだけ平静を保ちながら、彼女の耳打ちを聞く。ここでばたばたと騒いでは、サトミが混乱する。じっと夫が迎えに来るのを待っているサトミにとって、急な展開はそのぶん酷な現実となる。

老人は苫小牧市を出た直線道路で路外に飛び出し単独事故を起こした。救急車で苫小牧市内の病院に搬送される途中、妻が港にいることを話したという。いま江別から娘がこちらに向かっているということだった。

妻を置き去りにして街を出た――

紀和は状況を懸命に整理して、何をすべきなのかを考える。夫が事故、病院、娘――ああ、とひとつ頷き窓口係の女性に小声で訊ねた。

「怪我、なんですね」

「命に別状はないと聞いていますが、どのくらいの怪我だったのかまでは。娘さんは病院に寄ってすぐ、お母さんを迎えにくるそうです」

またこれから何時間か待つことになるのかと、腕時計を見てため息を吐きたくなるのをこらえた。

窓口係の女性がサトミをちらと見下ろしたあと「うちの母もちょっと物忘れがひどいから、わかりますよ」と紀和を気遣う。

サトミは何も知らされないまま、バッグを抱きしめるようにしてうたた寝していた。

ひとまず、迎えに来た娘に事情を話さねばならないだろうということで、気の毒がられながら紀和も一緒に待つことになった。通されたのは、壁にロッカーが並んだ更衣室だった。真ん中に会議テーブルがひとつと、周囲を囲むように丸椅子とソファーがある。

「ごめんね、こんなところで。おばあちゃんに長く座っててもらうのに、柔らかい椅子ってのがこれしかないの。おトイレはここを出てすぐ隣にあるから」

布張りの三人掛けソファーは、サトミが横になれるくらいの長さがある。事態は紀和の知らないところで進んでおり、決して良い方向ではなさそうだ。

サトミは、職員が差し入れとして持ってきてくれたコンビニの菓子パンとサンドイッチとお茶を口に運んでいた。

「あなたもいただきましょうよ。ここの方、みなさん親切ねえ。ありがたいことねえ」

次々にサトミの口に吸い込まれる食べ物を見ていると、手を出すのが申し訳ないような気持ちになる。かろうじて、残ったツナサンドをふた切れ口に運び、お茶で流し込んだ。

ソファーの背もたれに体を預けたサトミは目を閉じ、すっきりとした声で言った。

「うちのパパはどこで道草食ってるのかしらねえ。早く迎えに来ないと、わたしが先に死んじゃったらどうするつもりかしら」

少しも恨みがましくなく、かといって状況を把握しているとも思えない。サトミのつぶやきは、ふたりが日常的に交わしていた言葉を想像させた。死ぬ、後や先といった単語を何気なく挟める生活は、誰にでも訪れる時間のようでいて、紀和には想像のつかない遠さだ。

不意に「わたしもいい加減、新しい相手が欲しい」と言った母のひとことが胸に落ちてきた。すやすやと寝息が聞こえ始めた。紀和はキャリーバッグの中からスウェット素材のヨットパーカーを取り出しサトミのお腹のあたりに掛けた。

スマートフォンを充電器に繋ぎ、コンセントを探した。端のロッカーのすぐ足下にあるのを見つけ、誰に向けてでもなく「すみません」とつぶやき、差し込んだ。

父からのメールを開く。

開く瞬間ふと腑に落ちた。

父は元の妻と娘に対しての罪悪感を抱えながら、月々娘に小遣いを渡す。紀和の存在が、絶妙なバランスで「元家族」という関係を続けさせ、ひとつの箱に納めている。「元」がついていても家族のひとりから完全な「個」になるのはどこか心細く、しかしその心細さは、「自由」と同じかたちをしている。

父も自由、母も自由、そして紀和も——手に入れる時期がずれているというだけで、そろそろ完全な別れが目の前に現れてもいい頃なのだろう。

『今月は、晩飯でも一緒にどうだろうか。都合ついたら、十七時の待ち合わせでどこか予約しておく。父』

『わかった。今日下船したので、明日はオフです。美味しいお寿司が食べたい。よろしく』

非日常になってしまったがゆえに親密な者同士の食事は、とびきり高いものがいい。寿司をリクエストする紀和も、なんの罪悪感も湧いては来ない。父が後ろめたさに蓋をするには、毎月いくらかを娘という名の過去に対して支払うという儀式が必要なのだ。

ソファーから聞こえてくる寝息がメトロノームのように規則的だ。

ドアに響いたノックのあと、窓口係の女性が「連絡ついたみたいよ」と明るい表情で入ってきた。勝手に充電していたことを詫びると、そのくらい、と返ってきた。

「この方の娘さん、病院から今こっちに向かってるって。まあ、なんにも知らずすやすやと寝てるわねえ。羨ましいくらい、いろんなことを忘れるのよねこの人たち。お迎えが近くなってもしっかりしている人だと、こっちがつらくなっちゃうからいいことなのかもしれないけどさ」

「ありがとうございます。いろいろすみません」

「あなたこそ、災難だったよ。ちらっと聞いたんだけど、今回のラウンジショーに出てた人だって言うじゃないの。なんで早く言ってくれなかったの。安いギャラのぶん誰か偉い人にお昼ご飯くらい奢ってもらえたかもしれないのに」

紀和は曖昧に笑い、その場の空気を棚に上げる。名乗って事態が好転するものでもないし、外部の乗船スタッフが面倒を持ち込んだと思われて終わりだったような気もする。

「とにかく、娘さんにこのおばあちゃんを引き渡したら、お役御免よ。本当にご苦労さま」

下船から約五時間が経った。更衣室に現れたのは、五十代と思われる夫婦だった。起きたばかりで、ここがどこなのか必死で思いだそうとしているサトミを見て、妻のほうが「サトミさん」と言ったきり言葉を切った。横にいた夫が深々と頭を下げた。妻も続く。サトミは「あなたたちどうしたの」と涼しい顔をして娘夫婦に手を振っている。

「片野と申します。申しわけありませんでした。このたびは母がすっかりお世話になってしまって」

紀和は船上で老人から頼まれたことの経緯を話し、容態を訊ねた。命に別状はなかったが、頭部を打ち肋骨を三箇所折っているという。頭部は明日、また詳しい検査をすることになり、今は眠っている。横にいる夫が静かに口を開いた。

「苫小牧にお住まいなんでしょうか」

「新札幌です」

苫小牧駅まで、タクシーでいくらくらいかかるだろう。時計を見ると、そろそろ出航に向けて慌《あわただ》しい時刻だ。船にはもう、次の往復の演奏者が乗り込んでいる。夫が妻に小声で「新札幌経由で帰ろう」と耳打ちをした。

「一日、お手間を取らせたお詫びにもなりませんが――」

夫婦は一度江別の自宅に戻り、父親の身の回りのものなどを揃えて明日の朝また苫小牧へ来るという。娘はサトミのバッグから袋を見つけ出し、ちいさな注射器に似たプラスチック器具を取り出すと、携帯電話を掛けて指示を仰ぎ始めた。

――見つけた。どうすればいいの。

――お腹に刺していいの？

――ちょっと待って、やってみる。

黙ってされるまま娘に腹を見せて首を傾げているサトミは、娘の夫の沈鬱な表情から遠い対岸にいて、童女のような笑顔だ。娘は母親に薬を射ったあと「インシュリンなんですよ」とつぶやいた。サトミのトイレを済ませたあと、すっかり疲れ切った様子の夫婦に促され、紀和は彼らの車に乗り込んだ。重たい楽器とキャリーバッグをトランクに入れてもらうと、途端に身軽になる。助手席には娘が、運転席の後ろにサトミが、助手席の後ろには紀和が乗る。

娘の夫が紀和に、札幌のどのあたりかと問うた。新札幌の駅から歩いて帰ることが出来ると告げると、ひとまず高速を使って近くまで行くという。車が夕刻の道に滑り出た途端、睡魔が襲ってくる。隣ではサトミが再び舟を漕いでいた。

紀和がうとうとしかけると、助手席の娘が絶妙なタイミングで話しかけてくる。おひとりで船旅ですかという問いには、ラウンジショーでの演奏だったと答えた。船での演奏が仕事なのかと問うてくるので一時的なアルバイトだと話すと、余計なことを訊いたと思ったのか、話題が父親の事故の話に切り替わった。

「母を預けたことを忘れて家に向かって走り出してしまったんじゃないかって思ったんです。思い出して、慌ててハンドルを切っちゃったんじゃないかって。母はけっこう前から物忘れがひどくなっていて、食べ物も薬もすべて父が面倒を看ていたんです。こんなことがあると、ふたりとも認知症なんじゃないかって恐ろしいことを考えちゃいますよね」

「船の上で少しお話をさせていただいたんですけれど、そんな感じはしませんでした」

「あの父と、どんな話をしたんですか」

「ショーのあとに二度ほど、短時間でしたけれど旅のことや奥様のことなんかを。ご家族思いで、優しい方だと思いました」

「そうですか。余計なこと話してご迷惑をかけませんでしたか」

「迷惑なんて」

助手席のため息が重たい。車の中に漂っているのは、それぞれが体にまとった原因の違う疲れだ。高速道路の運転に集中しているのか、さっきからひとことも喋らない夫は、妻の実家のあれやこれやをどんな思いで眺めているのだろう。

どこからか携帯の震える音がする。助手席で娘が話し出した。

――さっきはどうも。うん、江別に戻っているところ。病院自体は大きいし、問題はないと思う。あってもいま父を動かすのは無理だって――インシュリンは言われたとおりにしたし、後ろの席で寝てる――とりあえず明日は啓ちゃんもわたしも仕事は休むから――だって、サトミさんを放ってはおけないじゃない――薬は、うちの掛かりつけの病院に事情を話してみる――どのくらい入院するかは明日の検査の結果次第だと思うけど――あなたが家に手伝いに来てくれるというのはありがたいけれど、それもなんだかわたしには――

しばらく通話相手の話を聞いていた彼女は、大きなため息のあと、後部座席に他人がいることを忘れたように荒く言い放った。

――そんなことはこの状況を見てから言いなさいよ。いまはわたしが母親をどう呼ぶかを非難してる場合じゃあないでしょう。

通話は向こうから切られたようだ。車内の空気は更に重たくなる。

紀和の横で眠っているとばかり思ったサトミが、細く高い声で娘に話しかけた。

「智代ちゃん、ごめんなさいね。パパのことそんなに怒らないでやってちょうだい。悪気はないの。みんな、悪気はないの。パパにはわたしがあとでちゃんと話しておくから」

張り詰めていた長女の、緊張の糸が切れてしまった。助手席の彼女が声を殺して泣き始める。いたたまれない気配のなか、サトミだけが柔らかな言葉で話す。

「パパはね、口ではあんなこと言ってるけど、娘たちふたりのことが心配でなんないの。嫌な思いもいっぱいさせたけど、ママはやっぱりパパが好きなのよ。ごめんなさいね」

サトミが今どのあたりに心を旅させているのかは分からない。この一家が置かれた状況に巻き込まれながら、紀和は状況に合っているともずれているとも言い難いサトミの言葉を何度か胸奥で繰り返した。

老いた母親を中心にして、この家族はいったいどうなってゆくのだろうと想像していたところへ、助手席の娘がぽつりと言った。

「だからもう運転はやめてって言ったのに。あれだけ言ったのにカーフェリーで名古屋まで行くなんて。最後の最後で女房を忘れて帰っちゃうって、いったいどういうことよ」

老人は、娘の内側ですっかり「妻を車に乗せ忘れて家に帰ろうとした父」になっている。疑いは彼が否定しない限り確信に向かう。いずれにしても、老人が言った「最後の旅」は現実になった。

紀和はバッグを胸に抱いて、老人の手紙のあたりに手を添えた。彼の本当の思いがどこにあるのかを、暗い車内で探す。物静かな運転手は、家族でありながら客観視できる場所からこの状況を眺めている。なにより言葉を発しないことが、その証のように思えた。

たった三十分同じ車内にいただけで、粘り気のある水に足を取られたような心地で紀和は老人の言葉を思い出す。ひとりで走り出さねばならなかった理由はなんだろうか。どこかに、答えにたどり着ける情報を取りこぼしてはいないか。

瞑った目の奥を、カモメの白い羽が横切って行った。あ、と記憶の尻尾を摑まえる。助手席で震える肩に「わたしの勝手な想像なんですけれど」と話しかけた。

「ときどき、叩いてしまうとお話ししていました」

「叩いてしまう、ってどういうことですか」

「サトミさんのこと、ときどき叩いてしまうんだそうです。そのことをサトミさんがすぐに忘れてしまうのが救いなのか罰なのか、よく分からないとおっしゃっていました」

沈黙の一、二秒の間に娘の胸に持ち上がってきた過去を、紀和は想像することが出来ない。同じ時間の記憶でありながら、父親と娘が見たものは別なのだ。同じ時間同じ景色、同じことがらだったゆえ、まったく別の記憶となってしまう。

「まだ叩けばどうにかなると思ってたんだ、あの人。そういうこと、赤の他人には言うけれど、家族には一切話さないんだ。自分を非難しない人にしか話さないのはただの保身だってこと、八十過ぎても気づかないなんて。この期《ご》に及んでまだ、家族なんて自分がやりたいことをやるための道具だと思ってる。サトミさんの面倒をひとりで看るのも、そういう現実を見て褒めたり同情してくれる人がいるからなんだよ。苦労話をうまく丸めて、いい話にすり替えようなんて——」

紀和が口を挟む隙間などなく、彼女はそこまで一気に言うと再び黙り込んだ。紀和はこの会話のきっかけとなった記憶をまた喉の奥から引っ張りだす。

「ご家族の事情はよく分からないですし、勝手な想像で申し訳ないんですけれど――」

もう妻を叩く自分に耐えられなくなったのではないか、ということをあれやこれや言葉を懸命に探しながら彼女に伝えた。上手く説明できたのかどうか、甚《はなは》だ怪しい。紀和の言わんとするところは、彼が決して妻を忘れて家に帰ろうとしたのではなく、これ以上妻を叩く自分に耐えられなくなったからではないのか、だ。けれどそんな想像も、娘の内側に眠っている記憶に混ぜ合わせると別の色合いが浮かび上がり新たな模様が現れる。

恰好つけが上手く行かなくなって、その場の思いつきで妻を捨てた――

いや違う、と反旗を翻す気力も、ゆらゆらと先細りの煙になる。みなこの状況を、自分の都合のいいところに落としたい。

紀和は、彼がひとりで死ぬつもりでハンドルを切ったのかもしれないという仮説をとうとう言葉に出来なかった。しかしこれは、サトミの横でする話ではないのだった。

札幌南インターチェンジで高速を降りた。沿道に灯り始めた明かりの中、運転席から響く低い声が固まった空気を開いた。

「新札幌の駅方面へ向かいます。差し支《つか》えなければ、お宅の近くまでお送りしたいんですが、よろしいですか」

楽器を背負ってキャリーバッグを転がしながら歩くのは正直つらい。今日は特にと思い、アパートから歩いて一分の場所にあるコンビニを指定した。彼は道路脇に車を停め、カーナビに情報を打ち込み始めた。

路肩を照らす停車ランプの点滅を見ていると、助手席の娘が問うてきた。

「ご家族は心配されてませんか？」

「たぶん大丈夫です」

「ご実家にお住まいなんですか」

「はい、そうです」

「楽器ひとつで食べて行くって、やっぱり大変なことですよね。わたしたちは想像するしかないけれど」

いろいろ詮索をされるのも面倒で、正直に「実家暮らしじゃないと難しいです」と答えた。お互いの生活を知り得ない者同士が同じ車の中にいるのだった。ときどき助手席のあたりで携帯が震えるようだが、彼女は発信元を確認するだけで出ようとはしなかった。何度目かの振動のあと、彼女が吐き捨てるように言った。

——今度はショートメールだ。

また大きなため息が聞こえる。

「啓ちゃん、乃理さんが明日の始発に乗って家に来るんだって。どうしよう」

「どうするもこうするも。親を心配してのことだからさ」

「またあの独自の正義感で説教されるのかと思うと、気が重いな。本人は善意で言ってると信じてるから、余計に始末が悪いんだなあ」

「みんな、そういうことあるから。用があって顔を合わせるなり電話するなり頻繁に日常で繋がっていると、余計に謝るチャンスがないからこじれるわけだ。これが最後ってときじゃないと、人間なかなか――よし、これで大丈夫」

穏やかな余韻を残しカーナビを作動させたあと、車は再び走り出す。助手席の娘が、首をねじって紀和に「ごめんなさいね、内輪のことで」と言った。

「父の事故、函館の妹の方に先に連絡が入ったの。伝言ゲームみたいに情報が混乱しちゃって、みんな憶測だけでものを言うんで大変。サトミさんだけがいつも同じ速度で、なんだかそれが救いみたいになってます。あなたもお疲れでしょうね――」

彼女ははっとした様子でまた「ごめんなさい」と言う。

「ずいぶんご迷惑掛けたっていうのに、わたしまだちゃんとお名前も伺ってなかったかも」

「こちらこそ、すみません。門脇《かどわき》と言います」

一拍おいて、彼女が「携帯番号を伝えてもいいでしょうか」と言った。

「父との会話で何か思い出したこととかあったら、いつでもいいんで教えてください。きっとわたしたちには話さなかったことがあったと思うんで」

紀和は彼女が告げた番号を新たな連絡先に入れた。車はマンション街を抜けて、背の低い賃貸アパートが並ぶ一角へと入った。車がアパートまで歩いて一分の、通い慣れたコンビニの駐車場に停まった。紀和が降りる準備を始めると、サトミが細い手で紀和の腕を摑んだ。

「ねえ、また『ムーン・リバー』を聴かせてちょうだい。とても楽しかったの。ずっとパパとふたりで船に乗るのが夢でした。あなたのお陰で、いい旅でした」

「サトミさん――」

紀和はこの老女は、夫のことも娘のことも、自分の身に起こったことはすべて分かっているのではないかと疑った。分かっていて、何もかもを忘れ尽くして見せているのでは――そう疑う心に、きらきらとした眼差しが沁みてくる。

「また聴かせてちょうだい。お願い」

「分かりました。サトミさんも、お体大事にしてください」

年に一度の船上ラウンジショーの仕事が残したものは、老夫婦の記憶と体の中心に残る揺れと、老人からの手紙だった。

コンビニでバナナとヨーグルトを買ってアパートに帰った。

母はまだ仕事から戻って来ていない。紀和はシャワーもそこそこに冷たいベッドに潜り込む。すぐに、水の底に沈んでゆくような眠りが訪れた。

音も映像もない暗い海の底に似た場所で、紀和は幼い頃に父と母が祝ってくれた誕生日の光景を見た。紀和の記憶はテレビのフレーム付きで思い出される。フレームの中の自分はもう、戻らない過去のものだ。

別に、大事にしたいわけじゃない――

大事にされたいわけでも、ない――

夢の中では閉じようと思った瞼《まぶた》も開きっぱなしで、三人はずっとバースデーケーキを囲み同じシーンを繰り返していた。

翌日十七時、指定された百貨店のレストラン街にある寿司屋へ入ると、カウンターの席に座っていた父が振り向いた。グラスのビールは半分になっている。低く流れているのはエリック・クラプトンだ。悪くない。先にやっていたよ、という父の笑顔にひねくれた笑顔で応えた。

カウンターは半分ほど客がおり、テーブル席も埋まり始めていた。お造りから小鉢、店の売りだというぬか床につけ込んだチーズを肴にしてビールを飲む。日本酒に切り替えたところで、カウンターに握りが並んだ。不意に、正直な言葉が出てきた。

「わたしが今までサックスかついでふらふら出来ていたのは、親の方に私への負い目があったからなんだよね」

「なんだよ、やぶから棒に。仕事、上手くいってないのか」

「お陰さまですこぶる順調ですよ、船のバディはまたあのトニー漆原」

「三年も指名してくれるってことは、お前さんの腕を買ってのことだよ。そんな風に言うんじゃないよ」

体から抜けきらない船の疲れが、今夜の酒をきつくする。父は旨そうに酒を飲みながらするりと言った。

「俺ね、結婚しようかと思うんだ」

離婚後の父が付き合って別れた女は紀和が知る限りでは四人いる。結婚という言葉が出たのは初めてだった。

父は、取引先で知り合った女性や幼なじみと付き合っては、愛想を尽かされた報告を娘にする。付き合い始めたという話よりも、別れたという報告の方が会話が盛り上がり、華やかな気分だったのはなぜだろう。

「お母さんも、そろそろ新しい相手見つけるそうですよ」

「いいことだ。実にいいことだ」

娘のせいいっぱいのあてこすりも父は簡単に流す。

「いくつの人？　仕事は？」

そのときだけ申し訳程度に顔をしかめ「弁護士事務所の事務員、三十歳」と言った。紀和は首を振り「わたしと五つ違い」とつぶやいた。

「そんなに近かったっけ」と、とぼけたことを言うが父はこちらを見ない。

「悪いけど、今度の人とは会わなくてもいいかな」

「そう言うなよ、仲良くしてもらえないかな」

紀和は手元の酒を空けて、父に注がせた。父も母も、船上で出会った老夫婦が手に入れた、一緒に年を重ねるという選択を自ら捨てたのだ。

「離婚の決定打って、なんだったの？　今まではっきり聞いたこともなかったけど」

「俺に限って言えば、男としての、焦り。男って我ながら面倒な生きものなんです」

離婚してもずっと「良き父」を演じていた男の娘は、「良い男」のイミテーションと本物の違いが分からない女に育ってしまった。ここから「男」を学ぶには、どんな痛い経験が待っているのか――いや、と首を振った。

「わたし、お父さんのせいで結婚できないと思うな」

「ひどい言い草だなあ。せっかく旨い寿司を奢ってるっていうのに」

「離れて暮らしていたとはいえ話の分かるアニキみたいな父親のお陰で、男は無条件で優しいものだと思ってるから、ちょっとそこからずれるともう嫌になっちゃう。父親より優しいとか、口うるさいとか、面倒くさいとか、基準はいつもわたしを捨てた父」

「ずいぶん辛辣な娘に育ったもんだ」

なぜなのか、今夜はこの父を痛めつけたい。

「お母さんもはやく再婚すればいいのに。今になって新しい相手が欲しいなんて、ちょっと遅かったくらいだよね」

うん――父が自虐的な笑いをこぼした。自分は男であると宣言して開き直る男もいれば、六十年連れ添った妻に手をあげることに耐えられずアクセルを踏んでしまう男もいるのだった。

ねえ、と紀和はここ数日を振り返りながら父に訊ねた。

「お父さんは、死にたくなったことある？」

冷酒のぐい飲みが、口元の手前で止まりカウンターに戻る。

「なんでそんなことを」

「わたしは今のところ、ない。でもそういう気持ちの人、けっこういるんだろうなって思ったもんだから。実行するかどうかは別としてさ」

父はそれぞれのぐい飲みに酒を注ぎながら短い相づちを打ったあと「考えたこともないと言ったら嘘になるが」と続けた。

「五十を過ぎると、男も女も少し焦るんだ。やり残したことはたくさんあるのに、やり直しのきかないところに来てしまったことに気づく。このまま定年まで起伏なく働く日々が続くことも、その後のことも想像できてしまうんだな。俺は何を残したかな、って思ったらいろんなことが虚しくなる。ただ、そういう風に思えるヤツは死なないだろうな」

「どうして」

「虚しいと思うだけの余裕があるから。思考を携えているうちは、人間そうそう死なないね。という意味では、本気で死にたいと思ったことはないってことだ。俺は、昔も今もこのとおり図々しい人間なんだよ」

「わたしは、お父さんの残したものにならない？」

「そうだな、父親を途中下車していなければ、お互いが自慢の親子でいられたかもな。ニュータイプってことじゃダメですかね」

笑うことで、父と娘から一歩踏み出す。コハダもまぐろも、サンマも、なぜこんなに美味しいのか――

「遺伝だと思うんだけど、私も図々しかった。今までありがとう。結婚か、おめでとう」

「なんだか、なじられた方がましな気がしてきた」

父と母には、同じころ似たような風が吹いたのだ。

「なじろうか？」

「お前に会うといちばんきついところを踏まれる気がする」

ふと、終わることと終えることは違うのだという思いが胸の底めがけて落ちてきた。心地よいパーカッションの音がする。新しい一歩を選び取り、自分たちは元家族という関係も終えようとしている――自発的に「終える」のだった。

終いではなく、仕舞いだ。

紀和はどこか飄々とした父の、葛藤と図太さを見た気がした。自分は、恰好悪くうそぶいていなければ強がることも出来ない男の娘なのだった。

ウニを口に運んだ。

カードを取り出し支払いをする父が、財布から取り出した万札を三枚、二つ折りにして紀和に渡そうとする。

「もういいよ。結婚するならお金かかるでしょう」

物理的な自立から、さらに遠のいた。けれど今まで感じていた心許なさは消えていた。

「そう言うなよ。今日だけでも受け取れよ。俺にそんな恰好悪いことさせるなよ」

「では、頂戴します」

父はここで金を受け取る娘の恰好悪さには気づかない。

百貨店の前で、手を振り父と別れた。自分から背を向けてさえしまえば楽になる。分かっているけれど——付き合った男と別れるよりほんの少し心が痛んだ。

帰りの電車に揺られながら、気楽とはこういうことかと納得する。なんということはない。

ふっきれた地点を自分の居場所にすればいいのだった。

アパートの玄関に入ったところで、携帯が震えた。見ると「トニー漆原」とある。ひとつため息を吐いて出た。唐突に、酒で潰れ気味の声が飛び込んでくる。

「お前、毎週火曜と金曜土曜は空いてるか」

人の都合などどうでもいいような男に問われ「残念ながら空いてます」と答えた。

「専属のサックスに空きが出た。キャパ三十のジャズハウスだ。夜八時、九時、十時の三回、三十分ずつ、客が残ればもう一回。日給一万円——好きに吹け。いいな」

店名は紀和でも知っているすすきののど真ん中にある老舗だった。サックス奏者など掃いて捨てるほど知っている漆原が紀和に声を掛けてきたのが不思議で、「はい」と言いたいところを出遅れる。

「なんか不満でもあるのか」

「ないです」

「じゃあ、明日から。初日はちょっと早めに来て音を出しておいてくれ。俺も遅れないように行く」

電話は「じゃあな」で切れた。

玄関の上がりかまちに腰を下ろし、しばらく携帯電話を眺めていた。

拾う神と捨てる神が狭い庭で勝手に遊んでいるような一日だった。

父と笑って別れられた褒美か。なにやらこれも、老夫婦の投げ銭《チップ》だったような気がしてくる。長い演奏が終わったときの、ほっとした感覚が蘇った。

事故の怪我はどうだったろう。生き延びてしまったことを、老人はどう思っただろうか。

片野智代の電話番号に、紀和は時間をかけて何通かに分けてショートメールを打ち込んだ。

『門脇です、昨日はお世話になりました。お父様のご容態はいかがでしょうか。サトミさんはどうされていますか』

『いつかお父様とサトミさんに、また演奏を聴いていただけたら嬉しいです。一日も早い回復をお祈りしています。　門脇紀和』

迷いに迷って、追伸を付けた。

『火・金・土は、すすきのの「ジス・イズ」で演奏するとお伝えください――』

第五章　登美子

五月の空は薄い雲に覆われていた。長い連休も終え、どこを見ても人は少ない。

風のないバス停に降り立ち、登美子《とみこ》は歩道を歩き始めた。

五分ほど歩けば娘の住むアパートだ。中肉中背、五十代に三キロ増えたきり体重は変わらない。八十二になって膝のひとつも痛くならないのは、長く旅館の仲居をして足腰を鍛えたお陰だろう。

関節をひねるから痛みが来るのだ、歩くときも階段の上り下りも関節の向きに忠実に、と教えてくれたのは二十も年上の先輩だったが、もう生きてはいない。道ばたや病院の待合室でヨレヨレと歩く年下の年寄りを見ると、あの頃の教えが今も登美子の体を上手く動かしてくれていることに心で手を合わせる。

上の娘の萠子《もえこ》が、自分の還暦祝いをするから来てくれというので、阿寒《あかん》から釧路市内のはずれまでバスを乗り継ぎやってきた。ふたり産んだ娘のどちらからも、なにか祝い事があるからという理由で呼ばれたことなどなかった。八十二歳の母親が娘の還暦の祝いに呼ばれるというのも不思議なことに違いない。お互いに長生きしていることを喜ぶべきなのだろうと、親が渡すものでもなかろうと思いつつプレゼントに赤い下着を二枚買った。

　年金でひとり暮らしを続ける登美子は、明日自宅でぽっくり死んだとしても誰にも気づかれない。しかしそんな環境がまだ現実として見えてこないくらいにピンピンしている。どこか悪いところがあったとしても、自覚症状はないし病院で詳しい検査をしない限り、日々の生活も多少動きがゆるやかになったくらいで大きな問題はない。

　登美子は結婚してすぐ娘をふたり産んだが、長女の萠子は幼い頃からあっちが痛いこっちが痛いと病院通いの好きな子だった。神経性胃炎の診断ひとつに嬉々《きき》として病気持ちを吹聴する癖は、別れた亭主にそっくりだ。下の娘は珠子《たまこ》と名付けたが、今どうして暮らしているのか。背中に刺青を背負った男と暮らし始めてから三十年近く連絡を取っていない。萠子が還暦ということは、珠子は五十八だ。他人様に迷惑をかけずに暮らしているのなら御の字だろう。

　スーパーのロゴ入りの買い物袋が便利で、どこへ行くにも肩に下げている。財布とタオル一本とポケットティッシュふたつ、ガーゼハンカチにレース糸で縁取りを付けるために持ち歩いている手芸用品、あとは急な日差しに備えての折りたたみ帽子がひとつ。今日はそれに萠子へのプレゼントの包みが入っている。

　電話は家についているものだけで充分で、携帯電話は持っていない。買い物に出る以外の時間、ほとんどを漫画本を読むか編み物をして暮らす。離婚をした五十の頃はまだ手作りニットやモチーフ作りで小遣い稼ぎが出来た。日々の暮らしは七十まで勤めた温泉旅館の稼ぎでまかなってきた。登美子の一生で今のところ残ったものは、贅沢さえしなければなんとかひとりで死ねるくらいの貯金と、何十年も手放せずにいる漫画本だった。

生きるために働いてきて、結局死ぬ準備にいちばん金がかかると知ってうんざりした七十代も過ぎた。周りを見ればそれすらかなわぬ者がわんさといる。ただでさえ狭い温泉街のこと、勤め先だった旅館の温泉にもらい湯をしに行く時など、しょっちゅう道ばたで元同輩に出くわす。ちいさな炉端を開店してしくじった女に挨拶代わりに「ちょっと貸してくれないか」と言われたときは「これから貯めるから待ってて」と笑って返した。

関節を痛めて働けなくなるのも、無駄に体をひねったり、身の丈身幅を考えずに動くせいだとあれほど言ったのに、誰も登美子の言葉に耳を貸さずに仕事を辞めていった。

親はとうに死に、兄弟姉妹で行き来があるのは釧路に住む妹夫婦だけだが、最近は商売の手伝いで呼ばれることもないし元気でいるのかどうかの連絡も来ない。

八十を過ぎれば便りのないのは死んだという報《しら》せだろうか。誰と連絡を取り合うのもおっくうで、気になりながらもついそのままにしている。生きているあいだに会えればいいが、老い先短い者同士が会って何を話すのか、何を思えばいいのか、登美子にはよく分からない。最近は、連絡が来たときに静かに手を合わせに行けば良いと思うようになった。

周りから「朗らか」「明るい」と評されれば、自然とそのような人間になってゆくものだ。人が喜ぶ顔で生きてゆけば間違いはない。娘たちにもそう伝えながら育てたつもりだったが、どういうわけかふたりとも登美子が思い描くような朗らかな女には育たなかった。

まあそれもひとつの生き方だし、いいじゃないか——

二の腕へと流れそうになる買い物袋を肩に戻し、登美子は植え込みに咲くチューリップを数えながら娘の住まいへと向かった。五月のチューリップや桜を、季節外れと誰が決めたのか——この地では毎年、いまの時期に咲くというのに。

背筋を伸ばしてすいすいと足を運んでいると、娘の住む二階建てアパートにたどり着いた。萠子がここに住まいを移したのは、彼女が夫と別れた四十五歳の頃ではなかったか。一人娘の孫は父親について行ったので、登美子の記憶の中では中学生のまま成長を止めている。今頃はしっかり働いているだろうか、それとも子供を産んで抱っこしているだろうか。

自分の体から出ていった血縁のことは、登美子にとってそう重大なことではなかった。長いことその薄情さが娘ふたりの不満に繋がっているとは思いもせずにいた。次女が刺青の男と暮らし始めた頃、子育てについて萠子からさんざんな言われようをしたけれど、それもなにやらよくある女たちの詭弁《きべん》のように聞いていた。

あれはいくつの頃だったかと、ひと足運ぶごとに景色に流してゆく。頭の中で簡単な年齢の足し引きが出来ると、まだまだ大丈夫と胸を撫で下ろす。

「ごめんください」とつぶやきながら呼び鈴を押した。南向きの部屋が三つと独立した台所のある、いい部屋だった。登美子の人生をなぞるように生きている萠子のことを内心では仲間と思い、それゆえに母娘でありながらつかず離れずいい関係が続いている。

「いらっしゃい」

萠子が笑顔のひとつも浮かべず、素っ気ないのはいつものことだ。それはいいとして、通された部屋がやけにがらんとしているのが気になった。年に一度は顔を出すのだが、こんなに片付いている部屋だったろうか。

「とうとう掃除に目覚めたのかい。これじゃあ片付けすぎて引っ越し前夜みたいだねえ」

鍼灸院《しんきゅういん》に勤める傍ら市内の文化スタジオで健康体操の指導をしているという萠子は、痩せ気味の体をすっきりと立てて「そのとおりだよ」と高らかに笑った。

「引っ越しするのかい、なんでそれを早く言わないんだか。還暦のお祝いだと言うから、そのつもりでやってきたのに」

「まあ、今日はいろいろ話すこともあるから、ゆっくりしていって」

「へえ、お前からそんな言葉が聞けるとは思わなかった。還暦で人間がまるくなるのなら、年を取るのも悪くないねえ」

いつもなら調味料から箸立てから薬袋、食器やインスタントコーヒーの瓶が並んでいるダイニングテーブルの上も今日はすっきりと片付いている。椅子の背もたれには、上着も洗濯を待つ汚れものも、肩に背もたれの角が残りそうなシーズンを過ぎたニットもなかった。見れば戸棚の中もほとんど片付いている。

赤いヤカンでお湯を沸かして、萠子がインスタントコーヒーをいれる。主張のつよいコーヒーの香りが台所に漂った。

登美子は買い物袋の中から包みを取り出し、向かい側の椅子に座った娘に差し出した。

「六十って言ったって、まだまだ働けそうで良かったじゃないか。わたしも七十まで仲居をやってた。お前もあと十年は大丈夫だよ」

口に運んでいたマグカップをテーブルに戻し、萠子が包みを開けた。現れた赤い下着二枚を広げて、萠子が言った。

「臍の上までありそうなパンツ、最近穿かないんだけどね。でも、腰が冷えそうなときはいいかもね」

「温泉の脱衣所で、これを穿いている婆さんの多いこと。みんなしゃんしゃん歩いてて、わたしも愛用してるもんだからさ」

萠子の唇の端が片方だけ目尻に向かって持ち上がった。登美子は「ああ」と胸奥で古い記憶を引っ張り上げる。娘の、人を小馬鹿にした顔はますます別れた亭主に似てくる。

「いまはどんなパンツ穿いてるんだい」

訊ねると「タンガ」と返ってきた。短歌？　いやタンガ。タンカー？　タンガだってば。こういうやつ、と立ち上がった萠子が引き出しから取り出し見せたのは、総レースのハンカチと見間違えそうな、毛が隠れるのかどうか不安になるほどちいさなものだった。こんなものなんの役に立つのかと訊ねれば「背筋が伸びるんだ」と返ってくる。パンツひとつで背筋が伸びるのなら、それもいいだろう。

それでね――萠子は冷蔵庫から白い箱を取り出して蓋を開けた。中から直径十五センチほどの誕生ケーキが現れる。生クリームと苺で紅白のあんばいのいいケーキの上には「ハッピ

ーバースデー　もえこ」と書かれたホワイトチョコレートが載っていた。

「一緒に食べよう」

いったい何の儀式だろうと首を傾げる登美子を余所に、萠子はさっさとチョコレートを外してケーキを真ふたつに切り分けた。料理の嫌いな女が使う包丁は刃が欠けているのか、柔らかなケーキの断面もノコギリで切ったように見える。

洋皿に断面が見える角度に置かれ、差し出されたケーキをひとくち口に運ぶ。ものも言わず、萠子も食べ始める。コーヒーは冷めかけているが、新しい飲み物を要求することも出来ない。

お互いに半分食べたくらいのところで、ようやく萠子が口を開いた。

「わたし、今日で母さんを捨てることにしたから、よろしく」

いまひとつ内容が摑みきれず、しかし黙っているのもおかしい気がして「ああ、そうなの」と返した。萠子の表情は硬い。

捨てることにした——

そこだけ抜き取ればひどく残酷な響きにもなるが、なぜなのか登美子にはそう聞こえては来ない。宣言しなければならない事情のほうに気が取られてしまう。萠子はいま「事情」の塊である。硬い表情に、もうこの子に会う機会はないのだと気づいた。登美子の口から、反論というよりは、自分に問いかけるようなつぶやきが漏れる。

「捨てる捨てないはおかしい言い方だ。いままでと何が違うんだい」

萠子が唇の端についたクリームを舐めて消す。

「だから、もう縁を切るってことだよ。わたしも新しい生活を始めるし、実のところもう自分のことで手いっぱいなんだ。ここから先は、短期計画で、がつがつ刻んで考えていかなけりゃ。十年後なんて言ってられないの。一年単位で命の契約を更新するように生きていかなきゃなんないの。親孝行を積みたてても母さんの保険金が手に入るわけじゃなし」

「こっちは生命保険なんぞ入ってないし、もちろん娘より長生きしようなんて思っちゃいない。この面倒くさくない母親に、なにを今さら縁切りの儀式なんだい。お前の言うことは昔っからよく分からないねえ」

「お互い、明日どうなるか分かんないのは同じだと思うのね。今日と明日、明後日のことを本気で考えたら、いま気持ちいいことが大切になったわけ。お互いの老後の面倒をどうのこうの話しあったとして、その老後って、まさに今じゃないかと思ったんだ。老後老後って十年言い続けてただ皺を増やすような、長さの分かんない紐をたぐるような暮らし、わたしはしたくないの」

で、それがどうして縁切りに繋がるのかともう一度問うてみた。萠子は大きく息を吸って吐いて、すっきりとした目元をつり上げた。

「結婚することにした。再婚じゃないの、結婚なの。一から自分をやり直すの」

「そりゃ、おめでとう。還暦と結婚、めでたい続きだ。めでたい先に誰がいてもいなくても、お前は気にすることなしに幸せになんなさいよ。今までどおりでいいじゃないか。いきなり何を言い出すものやら。縁なんて、自然に切れるもんなんだよ。切る切る言ってるやつと縁が切れたためしはないんだ。死ぬ死ぬ言ってる人間がなかなか死なないのと一緒だよ」

　萠子の顔が不愉快そうに歪み「やっぱり」という言葉がぽろりこぼれ落ちる。

「やっぱり母さんって情がないよね。わたし、今でも忘れない。珠子があの男と姿を消したとき、母さん寝間着姿で漫画の本を読んでたじゃない。父さんと別れて引っ越すときも、わたしたちの荷物より先に漫画本を箱詰めしてた。わたし一生忘れない。暇さえあれば編み物と漫画。子供は産みっぱなしの放し飼い。父さんじゃなくたって、嫌になるに決まってる」

　自分の言い分がよほど大事なのか、あるいは焦っているのか、萠子は半分怒鳴りながら、肩で息をしている。長く仲居という女ばかりの職場にいた登美子は、感情的な言葉に本気で怒鳴り返したりはしない。こんなときは、肌で覚えた仕事の顔がひょいと顔を出す。

「その漫画は今もわたしの部屋の大事なところに飾ってあるよ」

　萠子が鼻を膨らませ「ふざけないでよ」と凄んだ。

「母さんはあのあと珠子がどうなったのか捜しも確かめもしなかった。父さんが死んだって涙ひとつ流さない。あんたには家族なんてものはないんだよ」

　この子はなぜ今になってこんなに妹のことに引っかけては言いがかりをつけているのだろう。そんな疑問が腹から喉元あたりまでせり上がってくる。それでも登美子は黙って娘の怒鳴り声を聞き続けた。

「珠子は二年で男と別れた。母さんに詫びたくても合わせる顔がないって言って、阿寒には帰らなかったの。そのうちわたしも連絡が取れなくなって、もう十年。そのあいだ、母さんの口から珠子の名前が出たことないの。珠子を追い込んだのは母さんなんだよ」

なるほど——ドラマならここで「本当はわたしも会いたかったんだ」と泣き崩れでもするのだろうが、それでは登美子自身が自分にしらけるばかりだ。出来ないことは出来ない。

「お前でさえ連絡を取れないのに、わたしのところに来るわけないだろう。情がないって言ったって娘を漫画本みたいに段ボール箱に入れて持って歩けるもんか——お前はいったい親に何を期待してるんだい」

ひとの体というのは怒りで体温を上げるものだということを、テーブルを挟んで感じ取る。萠子の体がわずかに膨張し、溜まったものが言葉となって溢れ出る。

「親への期待なんて、とっくのとんまに蒸発しました。わたしは高校を出てからずっと自分の力で生きてきた。ただの一度も母さんに頼ったことなんかない。結婚も離婚も自分で決めたし、子供を取られても泣かないで頑張ってきたんだ。鍼灸院の受付やりながら夜間の学校に通って資格を取って、柔道整復師になって、この年になってようやく独立開業だ。あとはもう、自分のためだけに生きて行くことに決めた。だからあんたと縁を切るの。お互いにひとりで好き勝手やってきたんだから、老後も自分で責任持とうって言ってるだけ」

やれやれ、と登美子は首をぐるりと回した。責任を持つことと縁を切ることがどんな風に結びついているのか知らないが、萠子には萠子の理屈があるのだろう。嘆かわしいのは、還暦を迎えた娘にこんなことを言わせてしまう母親としての甲斐性のなさだ。

「分かった。お前はお前で今までどおり好きにやんなさい。わざわざ呼びつけてわたしを怒鳴る理由は聞かないよ。面倒くさい。お互い元気で死にましょう」

おかしな言い方だと思いながら、けれどそれ以上相応しい言葉も思いつかなかった。食べ残したケーキの皿を置いて、椅子から立ち上がる。ふと、縁切りの儀式に紛れて結婚相手の話がまったく出ていなかったことに気づいた。

「ところでお前、お相手はどこのどんな人なんだい。どんなに困っても、のこのこ訪ねて行くことはしない。わたしがそんな情に厚い人間じゃないことはお前も知ってのとおり。いま訊ねているのは、ただの行きがかりだ」

萠子が溢れかけた悔し涙を瞼に戻し「実業家、五十歳、初婚」と鼻を膨らませた。なるほど、だから再婚じゃなく結婚なのかと腑に落ちて、娘の内側に在る女の意地を垣間見た。十歳も年下の男と生き直すには、やはりレースのハンカチみたいなひらひらパンツのひとつも必要なのだろう。薄いパンツ一枚で女が勝負をかけられるのも、考えてみればあと五年、長くて十年だ。七十過ぎれば尿漏れを心配しなけりゃいけない。今ならば、その十年がどのくらい短いかもよく分かる。萠子もそこに気づいたのだろう。肌も体形も手入れを怠らない生活が、六十を境にして更に華やかになってゆくのなら、それもいい。七十の声を聞く頃は相手も六十だ。そのとき何がどうなっているのかは、誰にも分からない。願わくば一緒に尿漏れを心配するふたりでありますように――

「お前の言うとおりかもねえ」

登美子は白髪の一本まで残さず染め上げた自分の娘をもう一度しっかり見た。長いこと別れた亭主に似ていると思っていたが、この意地の張り具合は自分に似たのかもしれない。違うのは、母親の自分がこうした儀式めいた訣別を面倒くさがって時間と風に流されているところだろう。

きっぱりした切ったはったにも精神力が必要だろうが、すべてを曖昧にしておける性分も、これはこれで悪いばかりでもないはずだ。

結局、人によるんだねえ――

職場で一緒になった若い子たちは登美子のことを「話のわかるおかあさん」としてずいぶんと慕ってくれたものだが、実の娘となるとそうもいかない。ふてぶてしい目元を赤くしてそっぽを向く娘に、ちいさく手を振った。何もかもを手に入れることは出来ないのだ、という思いが登美子の外側と内側に薄い刷毛《はけ》を滑らした。どこも痛まなかった。

ケーキはそのままに娘の部屋を出て、来た道を戻る。植え込みには変わらずチューリップが背筋を伸ばしており、少し視線を上げれば桜が色を添える。バスがやってくるまでの二十分間、バス停から見える住宅街の植え込みを眺めているうち、河口近くの高台に住んでいる妹のことが気になりだした。がらんとしたバスに乗り込んでも、妹のことが頭を離れない。

妹のサトミから連絡が来なくなってからどのくらい経つだろう。年末年始に一度も電話がなかったのはこの冬が初めてだったのではないか。どうしているかな、と思いながら一か月そして半年と過ぎてゆくのは、登美子が今までひとに時間を割《さ》くということをして来なかったせいだ。娘に言われるまでもなく、親戚縁者との関わりを温めて来なかったことの末に現在の気楽な暮らしがある。誰の世話にもならないという自意識が、血縁の情をも遠ざけてきたのだった。

サトミは、だいじょうぶかねえ――

七人きょうだいの長女と次女で、姉妹はふたりきりだった。そのふたりがまた娘をふたり産んだ。八十二と八十か、とつぶやきながら窓の外を流れてゆく埃《ほこり》っぽい春の街を眺めた。珠子への薄情を責められた日に、妹のことを思い出すという気持ちの動きが妙に新鮮で、登美子はしばらく妹の記憶を撫でていた。

もしかすると行ったほうが早いかもしれない――

そう思ったのは、駅前のどこを見回しても電話ボックスが見当たらなかったせいだった。求めるところに公衆電話がないのだ。幸い大きな荷物があるわけでなし、とひとつ深い息を吐く。駅から釧路川までだいたい一キロ、橋を渡り坂を上って海側へ下りる道の途中まで更に一キロあるかないか。

すっと足が前に出たことにほっとしながら、登美子はすっかりシャッター街となった北大通へ続く横断歩道を渡った。未だ目抜き通りとしての自尊心を誇示する広い道路には、まばらでも途切れなく車が行き交っていた。銀行とホテルばかりが並ぶなか、ところどころ狭いシャッターが開けられてちょこんと正座したような飲食店がある。元は何の店だったか思い出すことも出来ないが、一度しっかりと閉じたシャッターを開けるのはけっこうな力が要るだろう。

街路樹の下には風の通り道があり、その風に体を運んでもらっているような心地良さがある。万事においてこの気楽さが、娘たちには親の怠慢と映ったのだろうと登美子は考えた。離婚してから六十くらいまでの十年は、なんとなくいい雰囲気になった男も何人かいたのだ。ほとんどが女房持ちだったりうんと年下だったりで、恋の背を押すほどの相手には出会えなかった。

結婚はもうこりごりだと思う傍ら、漫画好きな男とは話が合ったので、年齢さえ気にしなければ二十代でも五十代でもいい友人になれた。

最近は老人会に誘われても乗り気になれないし、編み物でもしているほうがいい。年寄りが何人もパイプ椅子に腰掛けて歌謡曲を合唱するのもなにやらしらけるばかりで楽しくないし、ほぼ全員がなにかしら患っているなかで、ひたすら送り先の不明な千羽鶴を折り続けるのも薄気味悪い。六十半ばの「新入り婆さん」が来れば、男は白髪頭もハゲ頭もみなそちらになびき、面白くない女連中は先のなさを武器にしていっそうの妬心を前に出し、人が集まるところには諍いが絶えない。

先ほどの萠子の金切り声を思い出したところで、橋のたもとに着いた。まっすぐだった大通を、大きな十字路のようにして川が横切っている。幣舞橋《ぬさまいばし》が川向こうの高台との交差点だった。湿原を蛇行しながら流れてきた川の水が大海を前にして動きを止めていた。

昔よりなんぼかきれいだこと——

登美子が頻繁に街へ出かけて来ていた昭和の半ばは、このあたりも人で溢れかえっていた。日曜日ともなれば、近隣の炭鉱街からバスを連ねて女子供が集まり、百貨店巡りの最後には必ず食堂でプリンを食べていたものだった。

あの頃、真っ黒い川面には船から漏れ出た重油がそちらこちらに光る虹色を広げていた。木切れも煙草も網も浮きも、何もかもがこの川に漂い、いつの間にか見えなくなっていた。百貨店の最上階で妹とお互いの娘たちにプリンを食べさせる傍ら、思い詰めた顔で「亭主が家に帰ってこない」と泣かれたことも、遠い昔話になった。

高台へ続く坂道を上りきったところから、今度は海側へとゆるく下る。足も膝もしゃんしゃんと動く。ありがたいことだ。登美子の視界に、建物によって切り取られた漏斗《ろうと》型の海が入ってくる。ああ、と声が漏れた。

義弟の猛夫は借金が趣味みたいにして生きてきた山師だが、最後の最後にこんな景色が見える家を手に入れたのだった。女遊びもギャンブルも酒も商売も、何もかもが中途半端な男だったからこその幸福じゃないかと独りごちた。

ひとりばかりを選択し続けた自分とは違う老後を迎えた妹は、物忘れがひどいと聞いた。さっき聞いたばかりの娘の言葉を、自分もいつか忘れられるだろうかと考え、いやいやと首を振る。あの剣幕に腹も立たない母親は、母親ではあったけれど肉親ではないのだろう。身二つになった六十年も前から、それは決まっていたことなのだ。いつまでも腹の中に入れておくわけにもいかないのが親子ではないのか。呼びつけて血縁放棄を叫ぶ娘がいると思えば、血縁なんぞ感じる場所もなかった親がいる。笑い話にしてはよく出来ている。

つまりは、お互いそのくらいに元気だってことだ――

逆三角形の海から、塀が延びる歩道へと視線を移した。高い塀と門と勝手口。表札には義弟、猛夫の名前がある。鉄製の門扉は施錠していない。覗き込んだスペースに車はない。買い物にでも出ているのだろうか。登美子は薄く開けた門から体を滑り込ませ、ひと息ついたあと「ごめんください」とつぶやきながら玄関の呼び鈴を押した。サトミの顔を見られれば、まぁまぁいい散歩と言える。

気が遠くなるような間が空いて、やはり今日は留守かとあきらめかけた頃、ドアが開いた。登美子の目の前に、幽霊と見間違うような義弟の顔が現れた。思わず悲鳴を上げそうになりながら、待て待てと冷静を引き寄せた。

タケちゃん――

義弟の呼び名をようやく口にすると、青黒い顔の幽霊が「ねえさん、どうした」と返してきた。

「タケちゃんこそどうしたのさ、ずいぶん顔色悪いけども。しばらく電話もなかったし、萠子のところに来たついでに寄ってみたんだよ」

いつもなら豪快に笑いながら「さあ上がってってくれ」と言うはずの義弟が、なかなか玄関に入れと言わないのが気になった。登美子は用心深く、探るような目になるのを堪えて玄関の中を見る。靴が脱ぎ散らかっているふうもないし、別段いつもと違う気配はなかった。

「サトちゃんは？　どっか行ってるのかい？」

猛夫は「いいや」と首を振った。たまには顔を見たいんだけども、と食い下がる。猛夫が大きく息を吐いた。

「家の中、ちょっと散らかってるもんだから」

「なに言ってんの、そんなこと気にしないで。サトちゃんの調子が悪いのなら、掃除くらいわたしがやるから。早く言ってくれりゃあいいのに」

義弟がしぶしぶドアを大きく開く。サトミと会わせる気はあるようだ。登美子はするりとドアを抜け、広々とした玄関に立った。

七十を過ぎて、この義弟は何を思ったものか不便なほどに大きな家を買った。年寄りふたりの生活ならば平屋のバリアフリーがいいというのに、聞く耳を持たなかったのだ。男の見栄なのか、それとも長年抱えこんでいた劣等感のかたちなのか、誰の助言も受け付けない猛夫には友人らしい友人もいない。それでも、この垢《あか》抜けた住宅地には品の良い住人が多いようで、生まれて初めて町内会などにも参加し、周りとうまくやっていると聞いていた。

茶の間へと続く廊下を、猛夫がよたよたと進む。ずいぶん背中が曲がったなと思いながら、登美子が後に続いた。

広々とした茶の間には、木々と芝生の庭を切り取ったテラス窓がある。春になってもまだガラス掃除をしていないようで、埃と雨跡が筋を作っていた。登美子が「おや？」と首を傾げたのは、茶の間の床に、開いた形跡もない新聞が重ねてあることだった。ちょっと見で一週間か十日分くらいありそうだ。妹夫婦が、老眼がひどくなり「新聞も床において立って読んでる」と言って登美子を笑わせたのは何年前のことだったか。ソファーには、朝夕に羽織っているのか縮緬《ちりめん》の綿入れ半纏が放られたままだ。テレビの周りの黒い家具にはうっすらと埃が積もっている。

登美子は「まあこのくらいは」と思い、そんなに散らかってもいないじゃないかと出来るだけ朗らかに言ってみた。

「タケちゃん、ずいぶん辛気くさい顔をしてるねえ。サトミはどこ？」

猛夫が髭をあたらぬままの顎を上下させる。二階にいる、ということだろうか。サトミはこの家を中古で買った頃、二階には行く用事がないと言っていた。娘たちは訪ねて来る様子もないし、孫もまた同じ。いくら売値を半分に値切ったとはいえ、老夫婦だけならば充分新築のこぢんまりとした家を建てられるくらいの額だったはずだ。

「そうかい、二階に。なんか探しものでもしているのかい？」

猛夫はまた首を横に振る。玄関に現れたときと同じどんよりと曇った目を伏せた。

「さっき、ぶん殴ってしまった。毎日毎日、馬鹿になっちまった女房とふたりきりで、俺ぁ気が狂いそうだ――ねえさん助けてくれや」

二階に駆け上がりたい気持ちを抑え、今にも泣き崩れそうな義弟にわけを聞く。茶の間の床にぺったりと座り込み、猛夫が言った。

「なんぼ言ったってわかんない、口を酸っぱくして言ったところですぐ忘れる、そのうち泣き始めるわ暴れるわで、俺ぁもう、あいつが女房だったことを忘れたくなってきてるんだよ。なにをどうやったって、なんにもならない。毎日毎日、振り出しなんだ。あいつ本当に馬鹿になっちまった」

ひとことずつ区切りながら、義弟は最後にぽつりと「年を取るって切ないもんだなあ」とつぶやき、泣き始めた。

「ねえさんが来てくれて良かった。今日、あいつを殺さずに済んだ」

物騒な言葉とは裏腹に、猛夫の顔色が先ほどより良くなっていることに安堵する。殺さなくて済んだ、とはひどい言葉だった。

登美子は胸の裏側から遠い昔を開き起こして、義弟がそうした捨て鉢な言葉が好きだったことを思い出す。若い頃、こっそりダンス教室に通っていたサトミが瞼が腫れ上がるほどに叩かれたことを聞き及び、ひとこと言わせてもらう、と訪ねて行った登美子を前に、彼はしれっとした顔で「口で言ってきかないんだから、仕方ないだろう」と言ったのだった。それでも別れると言わないサトミを横に置いて「うちのは、勝手気ままにやってるねえさんとは違うんだ」とも言った。つまらない男だと思った日もあったけれど、八十過ぎても一緒にいるのだから、なにかしら登美子には分からぬいいところもあったのだろう。

けれど——猛夫はサトミを殴ってしまったと言って、情けなく泣く。

「殺さないで済んだなんて言うもんじゃないよ。タケちゃんには悪いけど、うちは年を取ってボケちゃうのが多いんだよ。心臓か高血圧か糖尿か癌か、みんなそのどれかに罹ってさ。

癌は最期までしっかりしてるんだけども、母方の祖母さんも伯父も弟も血圧と糖尿だったからねえ」

「認知症の薬を出してもらったんだけども、それを飲むと吐いちまうんだ」

別の薬に替えてもらったら、と言えば「腹が立ったので通院をやめた」と言う。年相応に従順になったようでいて、その性分は若い頃となにひとつ変わっていない。

登美子はひとつため息を吐き、玄関ホールから二階へと続く階段を上がった。真っ直ぐ、頭を天井から吊るようにして上る。こうすれば腰も膝も痛めることはない。広い洋間が三部屋あり、どのドアも開いていた。段ボール箱を積み上げた部屋、義弟の趣味だった画材や古い家具を押し込んだ部屋、いちばん奥はベッドが二台並んでいる。ここが、娘たちがやってきた際に泊まる部屋なのだろう。ほかの二部屋に比べ窓が多く日当たりも良さそうだ。

サトちゃん――

部屋の中を窺うと、窓辺のベッドの向こう側にサトミの後頭部が見えた。

「わたしだよ、サトちゃん。なしてこんなところにいるのさ」

声を掛けても振り向かない。登美子が二度妹の名を呼んでも白髪頭は動かなかった。さわさわと、肌に嫌な予感が滑ってゆく。

「サトちゃん、入るよ」

サイドテーブルひとつ分の幅しかない窓辺へ回り込んで、妹の側で膝をついた。

泣いていたのか、皺だらけの瞼が腫れている。半分ほっとして、シミの浮いた素顔を見た。

叩かれた右の頬がピンク色だ。

「タケちゃんがまた手をあげたんだってねえ。悪いと思ってるようだよ」

妹は、唇をへの字にして幼女のような瞳で頷いた。晴れていれば太陽が眩しく、窓を開けずにはおれない部屋は、磨かれないままのガラスの向こうに湿った空を広げていた。空ばかりの贅沢な窓を眺めながら、妹は何を思っていたのか。

「サトちゃん、何考えてたの、こんなところで」

「わかんない。気がついたらここにいた」

登美子は妹の横に腰を下ろし、ベッドの縁に背中をもたせかけた。見上げた窓の向こうで、空がいっそう大きくなる。灰色に薄い水色を混ぜ込んだ、この街の春特有の空の色だった。

「気がついたらいるってのは、好きな場所ってことだ。サトちゃんはちっちゃいときから狭いところが好きだったねえ」

気づくと登美子の後ろをついてくる妹は、月足らずで生まれたちいさな子だった。あまりにちいさく生まれたのでしばらく出生届も出さずにいたというから、今こうして生きているのはこの子の力だったのだ。

リンゴ箱の中で遊ぶのが好きだった妹。終の棲家というには広すぎる家で見つけた、ここがサトミのリンゴ箱なのかもしれない。登美子は一緒にくすんだ空を眺めながら、妹に訊ねた。

「サトちゃん、ボケちゃったってかい」

「うん、パパにそう言われた」

「なんか、つらいことないかい」

「なんも、なんもつらくないよ」

「そうかい、それなら良かった」

もう、頬を打たれたことも忘れているのかもしれぬと思い、登美子は妹がここに逃げ込んだ理由を訊ねなかった。

明日まで待っても空の色は変わらないのではないか。登美子は暮れることも忘れたような空を見ているうちに、妹の頭の中では時間の流れなど大きな意味を持たなくなっているのではと考えた。認知症などという目新しい病名がついたところで、昔見た祖母や伯父の姿となにも変わらない。

名前を変えればそりゃあ多少聞きやすくなるけどさ——

どうせなら、今のサトミが楽しくなるような話をしよう。

「ねえサトちゃん、ここにいると、なんだかちっちゃい頃のリンゴ箱を思い出すねえ。せっかくだから、楽しかった話でもしようか」

登美子の顔を覗き込むようにして「いいね」と笑うサトミは、いったいどこに健忘の種があるのかと思うほどしっかりとしている。思い出せる限りの「楽しかったこと」を教えてちょうだい、と言うとサトミの瞳は更にきらきらし始めた。

さて何が最初に出てくるかと首を傾げて待っていると、サトミは今にも吹き出しそうな口元から言葉をこぼした。

「パパの付き合ってた女のところに乗り込んでったの。あんまり美人じゃなかったな。向こうが、いきなり泣き始めてね。勝ったと思ったよ」

つい最近の出来事のように語るので、相づちが遅れた。慌てて「そんなことあったのかい」と接ぎ穂を探り当てる。

「しっかり化粧して、眉毛もちょっときつめに描いてね、歩き出したばかりの智代の手を引いて乗り込んだ。玄関先で、こっちはいつでも別れられるんだ、って凄んでやった。床屋の腕があれば、食うには困らないもの。どこでどう知り合ったのか知らないけど、向こうはデパート勤めのマネキンさ。亭主と一緒にこの子もくれてやるから好きにしろって言った」

ふふっと笑うサトミに、女の反応を訊ねる。

「土下座して『許してください』って泣くのさ。恰好悪いったらないの。許すもなんも」

一拍置いて「すっきりしたよ」とつぶやくサトミの声は、空に溶けて行きそうだ。どうやって女の家を突き止めたのかを問うと、嬉しそうに「一回、後をつけてみた」と言う。

「そうかい、サトちゃんはけっこう度胸あったんだねえ。この年になるまで知らなかった。わたしが守ってやらないといけないくらい、ちっちゃくて頼りないと思ってたのにねえ」

ほかには何か覚えてることあるかい？　と問う。幼い頃、開拓小屋の片隅でした人形遊びのことなど、サトミはもう覚えていないのではないか——それもいい、と登美子は妹の白髪頭を撫でてやる。

「あとはね、タクシーに乗ったとき運転手がなかなか車から降ろしてくれなかったことあったよ」

「なんでさ」

いつのことかは問わないことにした。そんなことはサトミの興味からは外れているのだ。

「奥さん、きれいだきれいだって。しつこいの。名前訊いたり年を訊いたり、変な運転手だったな」

「若い頃からサトちゃんは色白で可愛かったからねえ」

「うん。何度もそんなこと言われたね」

「今も可愛いよね」

サトミが少し照れたような笑顔を浮かべた。

亭主が外に作った女の話と、自分が男に気に入られた記憶の次は、理髪店時代の「地元出身歌手の母親の髪を切ったことがある」だった。一世を風靡《ふうび》した歌手の名前を出すときのサトミは、少し誇らしげだ。

幼い頃のことや、ふたり産んだ娘たちのことはなかなか出てこない。中学を出たあとに奉公した理髪店の親方から言われたことや、きょうだい弟子たちとの軋轢《あつれき》も、サトミの口を通すと一抹の卑屈さを伴う。登美子はそんな妹の人生を不憫に思うことが出来なかった。人間関係は勝ち負けで自分の気持ちを落ち着けるしか術がないのだ。それは登美子も変わらない。

ついさっき娘に捨てられたときも「捨てる側のほうが余裕なさそうだ」と、静かに萠子を見下した。捨てることに大きな意味を持たせ、罪悪感に蓋をする娘に何も言い返さないのは、対等だと思っていなかったせいだった。登美子は娘に捨ててもらうことで子育ての負い目を反転させ「勝ち」を得たのだ。対等なんてものは、双方の無理が生む幻みたいなものだった。

元気に死にましょう、か。

娘への最後の挨拶を思い出せば、自然と笑みが湧いてくる。言いえて妙で少しかなしい。

ケンカ腰なのは、ケンカしたかったからなんだよねえ――

つぶやきにサトミが瞳をこちらに向けた。

「ケンカしたの？　誰と？」

「ケンカにならなかったんだよ。蒴子、うちの上の娘、覚えてるかい？」

サトミは曖昧に頷いた。忘れているようだ。

「サトちゃんのところも娘ふたり、わたしも娘をふたり産んだ。みんな元気で暮らしているのなら、それがいちばんだと思うのさ。わたしたちの仕事は、あとは元気であの世に行くことだ」

まだ死にたくない、とサトミが言った。お迎えが来ないと死ねないんだよ、と登美子が返した。楽しかった思い出を話すのが気に入ったらしく、まだあると言う。

「姑が布団の上げ下ろしは嫁の仕事だって言うからがんばってたらさ、お腹ん中で赤ん坊死んでたのさ」

サトミの裡では、最初の子の死産は姑が言うところの「嫁の心得」を守って無理をしたからだということになっている。もう誰もサトミの記憶を変えることはできないのだ。

「うん、覚えてるよ。タケちゃんとわたしが火葬場に連れてった。智代が生まれたとき、死んだ赤ん坊が帰ってきたかと思うくらい似てたねえ」

サトミがゆったりと頷いて微笑んだ。

「サトちゃん、今は楽しい話をするんじゃなかったのかい」

「うん。あのときね、みんな優しくしてくれた。嬉しかった」

楽しいことと嬉しいことの区別がつかなくなってしまった妹のこれまでを思うと、返す言葉が出てこない。

「あのときだけは、パパも優しかった。赤ん坊は死んでたけど、わたしはみんなに優しくしてもらって本当に嬉しかった。悲しまなくちゃいけないから、ずっと言えなかったけど」

そうだったのかい――

登美子はサトミの頭を撫でた。栄養もなにもなくなり、細い藁みたいになってしまった白髪に触れると、幼い日が蘇ってくる。

サトちゃん――

登美子は精いっぱいの慈愛を込めて妹の白髪頭を優しく撫でた。

「だいじょうぶだから。安心して忘れなさい。わたしが代わりに覚えておいてあげるから」

うん――

その日、猛夫が頼んだ出前の寿司を三人で囲んだ。もう叩かれたことも忘れているサトミは、話し相手がいるのが嬉しいのか機嫌がいい。サトミが魚卵の軍艦巻きに伸ばした箸を、妻の血糖値を気にする猛夫が止める。登美子が「今日くらいいいだろう」と言うと、制した手を渋々引っ込めた。

食事前、猛夫は手際良くサトミの腹のあたりにインシュリンを射った。頬を打った原因を聞けば「お腹空いた」のひとことだったという。このふたりに流れている時間がずれ始めていることも、夫婦の理《ことわり》のような気がしてくる。

食事の後片付けを猛夫がやるというので、登美子はサトミを風呂に入れた。骨と皮だけになった妹は、鶏ガラのような両脚をぐらつかせながら登美子の手に摑まり湯船に入る。子供の頃を思い出しているのは登美子だけで、サトミの内側では抜き出した記憶が作り上げた別の時間が流れている。

「サトちゃん、こんなにちっちゃくなって。洗うところ少なくて便利だねえ」

サトミの照れ笑いにほっとしながら、登美子は続けた。

「今日は泊まらせてもらうよ。たまにはわたしの作った朝ご飯もいいだろう」

冷蔵庫にはほとんど食べ物が入っていないけれど、お粥《かゆ》膳くらいはなんとかなるだろう。

「トミちゃんのお粥、お米から炊くんだよね」

「そうだよ、土鍋で時間かけて美味しく作るよ。旅館の厨房《ちゆうぼう》仕込みだからね」

サトミは朝まで待てないと言う。朝ご飯は朝まで待つから美味しいんだと言い聞かせてようやく納得の笑みが返ってきた。

十時、二階客室のベッドにサトミを寝かせ、登美子は朝食の下ごしらえのため階下に降りた。茶の間では、見ているのかいないのか音量を上げたテレビの前で猛夫が横になっている。登美子に気づいて体を起こした。

「タケちゃんが風邪をひいたら困るんだよ、寝るときは自分の部屋に行きなさいね」

返事ともうなり声ともつかない声のあと、猛夫が「ねえさん済まないな」と頭を下げる。サトミが言う楽しい思い出話を、義弟はこれから先も知ることなく過ごすのだろう。憐《あわ》れみとは違う、ちいさな羨ましさが登美子の胸を通り過ぎる。同時に、この絶妙なすれ違いこそがふたりの紡いできた時間の綾なのだと腑に落ちた。

今、どんなにがんばったところで、別れた亭主の面影を頭の隅に結ぶことはできない。自分とサトミの、どちらが幸せだったかを考えるのは不毛だろう。みな、自分が選んだ自分を生きている。

「タケちゃん、サトミをこのまんまひとりで家で看ているのは、きついんじゃないのかい」

猛夫は答えなかった。テレビの音量が、彼の耳もずいぶん遠くなっているということを教えた。登美子はもう一度、ひとりでサトミを看られるのか、と問うた。今度は白いものの交じった眉を上下させながら「うん」と肯定否定どちらとも取れそうな頷きを返す。

「俺も毎日、体が痛いんだよ。去年車でしくじってさ。まだ痛むんだ。重たいもんは、怖くて持てないな。今年の冬場は雪が少なくて助かったよ」

「年を取れば、自分のことで手いっぱいになるよ。気力だけじゃあどうにもならないことがたくさんある。それでもどうにかやっていられるのは――」

腰を曲げずに正しく歩いているからだ、と言いかけてやめた。そんな漠然とした言葉ではとても補いきれない日々を妹夫婦は送っているのだった。テレビの前にあるリモコンを手に取り、頭痛が起きそうなほど高い音量を下げた。

登美子は風呂場で聞いたサトミの言葉を、声を大きめにして義弟に伝えた。

「サトミは、今こうやってタケちゃんと一緒にいられるのが嬉しいんだって。こんな暮らし、所帯を持って以来なんだと。タケちゃんにご飯を作ってもらって、毎日一緒にいられて、本当に楽しいって言ってるよ」

うなだれた猛夫の首が少し持ち上がるまで、待った。

「タケちゃん、ありがたいことにわたしのほうは頭も体もしっかりしているようだ。一週間に一度でも、様子を見に来るっていうのはどうだい。バスで一時間の距離だ、なんてことないよ。若い頃はサトミもあの気性だし、張り合うようなところもあってやりづらい思いもしたけど、お互い棺桶に両脚突っ込むような年になったら、そんなことどうでも良くなっちゃうもんだねえ。子供みたいになっちゃって、あれはあれで可愛いもんだ」

「ねえさん、済まんなあ」という言葉を聞いて安堵し、たまにでも自分が話し相手になれば、妹の気も紛れるだろうと考えた。その上で、登美子は、道央と道南にいる二人の娘たちのことを訊ねた。

最初は言いにくそうにしていた猛夫だったが、登美子が新聞やテーブルの上を片付け始めると、するりと漏らした。

「智代には頼れないさ、あいつに頼ることが出来るのは葬式くらいだろう。ときどき電話を寄こしたりもするけれど、あいつにだけは弱いところを見せられないなあ。乃理は――子供たちがまだちいさいし、あんまり頼れば可哀相なことになる。俺たちはこのままギリギリまで一緒にいるのがいいんじゃないかと思う」

「そんなこと、出来るのかい。今日だって大変だったんだろう？　いい加減恰好つけるのはやめたらどうだい。年を取ってるのは、サトミだけじゃあないんだよ。みんなジジイにババアだもの、人に頼るのは悪いことじゃあないよ」

一週間に一度でもねえさんが来てくれれば、ずいぶん気も楽になると言われれば悪い気はしないが、お互いそれが根本的な解決にならないことはよく分かっているのだった。ほんとうは年寄りを見守る年寄りを、更に見守る何かが必要なのだ。

そうは言ってもさ――

昼間、思わぬ「姥捨て」に遭った自分の言うことなど、なんの説得力もないだろうと考えると、なにやら可笑しくなってくる。

「まあ、娘ってのは母親にけっこう辛辣なもんだ。あんたのところは職人だったし、家には絶えず他人がいたし、厳しく育ててたもんねえ。厳しく育てておきながら年をとったからこっちには優しくしてくれっていうのもなんだか妙だしね。うちは『放し飼い』って言われちゃったけどね」

「ねえさんところは、萠子とは上手く行ってたんじゃなかったのかい」

「上手くって言えば、上手く行ってるんだろうねえ。すっきりあっさり、いい感じだ。少なくとも、恩を着せたことでこじれたことはないねえ」

猛夫が「ああ」とうなだれた。親を同じくしても、きょうだいとなると話は別なのだった。義弟が理髪店の店主として独立してから、高校に進学出来ない甥や姪を弟子として何人か迎え入れた。しかしどの子も上手くは行かず途中で逃げ出す者がほとんどだった。里帰りの際、親にこぼした愚痴が捻《ねじ》れに捻れて親類関係にもひびを入れ、他人相手より収拾のつかない間柄になってしまっている。何十年経っても修復することなく、今では誰が死んで誰が生きているものか、隣町に居てさえ知る機会がない。

当時、まだ若かった猛夫の口から「親戚だと思って使ってやってるのに」という台詞が飛び出したが、誰も反論の言葉を持たなかった。

「たまに、阿寒に風呂にでも入りにおいでよ」

言ってから、玄関先に車がなくなっていたことを思い出した。

「タケちゃんもやっぱり免許返納したのかい」

「うん、不便なもんだな」

「昔働いてた旅館の会長も免許証を返す返さないで娘や息子とえらい揉めてさ。結局は道に飛び出してきた鹿を避け損なって車を駄目にしてようやく運転やめたんだ。車がないと怪我した膝を診てもらいに病院に行けないなんて、なんだか笑っちゃうよ」

現実はいつだって、笑うに笑えないできごとばかりだ。撥ねた鹿がフロントガラスにぶつかってきた時、当の会長が漏らしたのは「人だったら俺が首つるところだった」というひとことだった。

「バスに乗って景色見ながら一泊でも二泊でも、季節によって湯治コースもあるし、最近は格安で五食付きなんていうのもあるんだ。のんびり湖でも眺めてたら、サトミの気も紛れるし、なんたってタケちゃんもいい気分転換になるよ」

車を手放した理由については口が重い義弟だったが、阿寒の湯治コースにはすんなりと乗ってきた。会話の最後はいつのときも、明るい明日の話題がいいのだ。そうでなくては、翌日の太陽が暗い。

登美子はその夜、隣のベッドで妹の寝息を聞きながら今日一日に起こったことをぐるりと絵巻物のように思い出した。萠子、珠子、サトミ、猛夫、本日の登場人物たちの面々のなかで、珠子だけが表情のないのっぺらぼうだった。どこでどうしているものか、自分なりに気にしないわけではなかったけれど、必死に捜したわけでもなければ、助けようと動きもしなかった。好きな男が世間体の悪い人間でも、それはそれで仕方ないのだ。娘の好きにさせた結果、「断絶」となったわけだが、それを間違いというのなら自分はあのときどうすれば良かったのだろう。

今さらどうにも出来ないことばかりが全身に積もってゆく。一からやり直すと言い切った萠子の言葉は、案外正しかったのかもしれない。

妹の寝息は、登美子を遠い昔に連れて行く。勝手に編集した映像を瞼の裏側で撫でていると、次から次へと登場人物が現れては去ってゆく。まだ若い母が鍋を持って姉妹の横を足早に通り過ぎ、弟たちは走り回って父に怒鳴られている。猫が暖かい場所を求めて近づいてくる。登美子の膝の上を選んだところで、すっと眠りに落ちた。

温泉街のアパートに戻って三日、漫画を開くことに気が咎めるようになったのを忌々しく思いながら、登美子はまだまだちいさなものが見える自分の目に感謝し、ガーゼハンカチにレース糸で縁を付けていった。

一日中テレビ映像を流しながら、編み物をし、漫画本を読み、軽く昼ご飯を腹に入れた後は歩いて五分の旅館までもらい湯をしに行く。登美子にとっても周りにとっても、現在はそれが唯一生存の確認と報告になっている。レースの縁取りが豪華なガーゼハンカチは何枚か溜めては、もらい湯をする際に旅館の仲居たちに配る。その時々で手芸品は、髪をまとめるシュシュになったり、五枚組のコースターだったりする。

辞めた職場に顔を出しづらくなっている元同僚が近くのアパートで冷たくなっていたという話もひとつふたつ聞いた。登美子のもらい湯は半ば義務のようになっており、風邪気味で二、三日出かけない日などは旅館の女将さんから電話が掛かってくる。この暮らしがあれば、まあまあ最期まではなんとかなるのではないか、という楽観も登美子の毎日を支えていた。

風呂から戻ったところで早い夕食を摂れば、登美子の一日はほぼ終わる。元の同僚から嫁の愚痴で電話が掛かってくれば一時間はそれに付き合い、旅館から応援を頼まれれば翌日に備えて早めに休む。

還暦で仕事を辞めようかどうか悩んでいる仲居たちにとって登美子のたくましさは八十を過ぎた老女の「理想」らしいが、「おひとりさまの」という枕詞がつく。ひとりを自慢にしているわけでも悲観しているわけでもないが、「さま」を付けられるとどこか馬鹿にされているような気分になるのはひがみだろうか。

さて、とリモコンでテレビのスイッチを切り、買い物袋にタオルとせっけん、シャンプーを入れて立ち上がる。かくん、と視界に幕が下りた。一瞬なにが起こったのか分からないでいると、床に膝をついたままだった。鍛えた脚は、しびれを知らずにここまできたが、なにやらおかしな具合に下半身に力が入らない。

登美子はもう一度座布団の上に座り直し、目を瞑って深呼吸を繰り返した。そっと目を開ける。「もしもし、登美子さん」と自分に語りかけた。耳から聞こえてくる声はいつもどおりだ。

――登美子さん、どうしました？

――いや、これが立ちくらみというやつでしょうかね。

――編み物、根を詰めすぎたのと違いますか？

――いつもやってることなんですけどねえ。

――その「いつも」が「稀《まれ》」になってゆくのが老化ってやつですよ。人間は常温保存で賞味期限がまちまちの食べ物みたいなもんですからね。いくら丈夫が取り柄の登美子さんでも、いつまでも同じままというわけにはいかないんですよ。

ひとりごとにも相手を用意する。これがひとり暮らしの秘訣なのだ。ひとりごとのままにしておくと言葉の泡で消えてしまうが、対話にしておけばしばらく胸に残る。

そうですか賞味期限まちまちですか、と口に出し、ゆっくりと立ち上がった。今度はしゃんと腰も伸びる。サトミの様子を見てからは、今までよりも「老後」という響きが現実的だ。誰かと話をするだけでも認知症の進行を遅らせる効果があると聞けば、たまにはサトミに電話を掛けようという気にもなる。

出かける前の小用を足しに、便座に腰掛けた。若い頃より長く座っている気はするが、誰に急かされるわけでもないので用はゆっくり足す。仲居の頃は早飯早便でやってきた。こうしたゆったりとした生活は、登美子が十年かけて手に入れたものだった。

しょろしょろと力なくただ長く、体から流れてゆく小水の音を聞いていると、玄関の呼び鈴が鳴った。出ているものをすぐには止められず「ちょっと待ってね」と出しきってから「すみませんね」と玄関のドアを開けた。

予想に反して、ドアの前には誰も居なかった。知人ならば多少遅れても待っていてくれるはずだった。宅配便はいつも午前中だし、午後二時に訪ねてくる客のあてもない。

ずいぶん急いた客だとあきらめて、登美子は古巣の温泉旅館へと向かった。ほぼ毎日、支度部屋で客の出迎え準備に髪を撫でつけている若女将に声をかける。登美子を雇ってくれた先代女将も、そろそろしゃんとした着物姿でロビーに出てくるだろう。登美子が生きているうちは現場に立ちます、と言い切った先代女将はそろそろ米寿である。繁忙期に応援の声をかけてくれるのは先代で、ふたり揃うと「生きた化石姉妹」などと呼ばれ、ありがたがられている。

面白おかしく生きてきたと思えるのも、風のように流れてゆく時間と人を相手にしていたお陰なのだった。自分は留《とど》まっていたら濁ってしまう水を胸に抱えて生きているのだと自覚していれば、ひとりの暮らしもなにひとつ不自由はない。

掛け流しの湯で体を温め、体と髪を洗い身繕いをする。いつの間にか、いつもと変わらぬことが尊く思える年齢になった。

細い従業員通路を歩いていると、背後から「トミちゃん」と声がする。振り向くと先代女将の八重《やえ》が片手を上げて手招きしている。どうもどうも、と頭を下げながらドア前に戻った。ちょっと来てくれないか、と支度部屋に呼ばれるも、八重の表情は明るい。悪い話でもなさそうだと胸を撫で下ろしながらついてゆく。今日は団体客もなく、さすがは連休明けだわと呟き、薄桃色の大島を品良く着こなしている。女将の支度用に作られた事務室隣の六畳の和室には、姿見と茶簞笥《ちゃだんす》と三面鏡がある。ここに呼ばれて濃い番茶を勧められるときはなにかお叱りがあるときだから気をつけろという噂はあるのだが、登美子にはまだそんな経験がない。部屋の隅には五枚組の座布団が積まれており、八重がその一枚を畳に滑らせ登美子に勧めた。恐縮しながら膝をのせる。

「女将さん済みません、こんな風呂上がりの汚い格好で」

「なに言ってんの、化粧をして着物を着ればどっちが女将かっていうくらい貫禄あるくせに。元気そうな顔見たら、久しぶりに一緒にお茶でも飲みたくなってね」

ゆったりとした仕草で八重がお茶の用意を始めた。お互いの近況報告などぽつぽつとしながらの所作には、一ミリの無駄もない。惚れ惚れしながら日舞で鍛えた手の動きを見た。

「トミちゃんが元気にしてると、わたしももう少し頑張らなけりゃって思うんだよ」

「もうお互い、年がどうのという年齢じゃなくなってきましたねえ。頭がはっきりしてることがありがたいですよ」

妹がひどい物忘れで可哀相だという話をすると八重も目を瞑り頷いた。

「頭がしっかりしてるのは、痛いも痒いも最期までぜんぶ覚えておけっていう何かの罰かもよ。お互い、どこで終いをつけるのかわかんないけど、ひとりで風呂に入れる毎日は間違いなく幸せなことね」

膝近くに寄せられた湯飲み茶碗の中は鶯色《うぐいすいろ》のいい玉露だ。香りをしばらく鼻先で楽しんでいると、八重が先にひとくちすすり切り出した。

「トミちゃんところの二番目、珠子ちゃんって言ったかね」

「はい、上が萠子、下が珠子です」

先日めでたく捨てられましてね、と言おうかどうしようか迷っていると、八重の瞼がわずかに下がった。

「その珠子ちゃんが、阿寒にいたんだよ。それは知らなかったんだよね」

三十年ぶりにこっちに戻っていたと聞かされてもピンとはこない。

「珠子がこっちにいたんですか。うちには来てませんが」

「うん、あんたの古い同僚の家に厄介になっていたようだ。一週間くらい前だって言ったかねえ」

その同僚が誰なのかを八重はなかなか口にしなかった。お茶は番茶ではなく玉露だが、いい予感もしない。

「珠子が、なにかやらかしましたか」

卑屈にならぬよう気をつけながら、静かに問うた。八重がひとつ息を吐く。隣の事務室に掛かってきた電話を誰かが取った。声は向こうからもこちらからも漏れないようだ。

「土産物屋の前をうろうろしてたところを見つけて、珠ちゃんじゃないの？　って声をかけたら泣き出したらしくてさ。トミちゃんに合わす顔がないって言うから、気持ちが落ち着くまで泊まってなさいって言ったんだと。そしてつい二日前、わたしのところに相談に来てね。下働きでもなんでもいいので仕事を世話してやってほしいって言うんだ。あんたの娘と聞けば、わたしも断る理由はないさ。さて、働き口もあてが出来たことだし、もうそろそろ、トミちゃんを訪ねて詫びを入れてもいいんじゃないかって、勧めたそうだ」

珠子は「わかりました」と言って出て行ったきり戻らないのだという。

ふと、出がけに鳴ったチャイムの音が登美子の耳に戻ってきた。

珠子——

「女将さん、それはいつのことですか」

「昨夜だったそうだよ」

話はそれだけでは終わらなかった。珠子を、寝泊まりさせていた古い同僚の財布から金が消えていたという。一週間の寝泊まりへの詫びと礼ならばこれから頭を下げに行こうと腰も浮くのだが、金も消えたとなると登美子も声が出ない。

「トミちゃんに直接は言いにくいって、自分の名前も出してくれるなというので、心あたりがあっても黙っててちょうだい。頭を下げさせる目的でわたしのところに相談に来たわけではないと、はっきり言っていたからね。ただ、そんなことはあったけれど六十近いようには見えないくらい若々しかったことと、病気になって戻ってきたという風でもなかったとだけ、頃合いをみてトミちゃんに知らせてあげてほしいって」

世話になった人間の財布から金をくすねる五十八の女を想像してみた。その行為ひとつ取っても、真っ直ぐに生きては来なかったことがわかる。知り合った男のせいではないのだ。それは、珠子の生まれ持った性分そのものだった。その日その日を上手く逃げおおせるような暮らしは、一瞬を永遠と勘違い出来るほど刺激的だろう。安定がないというのは、そういうことだ。

「申しわけありません。お詫びの言葉もないとはこのことです。なんら親らしいこともしませんでしたが、まさか他人様のお金に手を付けるような人間になっていたとは——」

かなしいとかつらいとか、申しわけないとか恥ずかしいとか、わかりやすい言葉で納得出来たなら、少しは楽になるのだろう。登美子の気持ちはあまりに平らで、べた凪の海のようだった。八重に向かって詫びの言葉を言いながら「ああ、これで」という清々しい思いがじわじわと寄せてくる。

ああ、これで、何もかもと縁が切れる——

もうひとりの娘はどうしているだろうか、という気がかりが去った。

珠子も、そんなことを繰り返していれば、いずれ手がうしろに回る日もくるかもしれない。それでも、と思うのだ。それは珠子自身の落とし前の付け方だ。情を前に出して非情を働いたことも、一度や二度ではないだろう。母親の近くまで来たのも、企みあってのことと思いたかった。おかしな情にほだされて舞い戻るより、多少の金を巻き上げて出奔するほうが自分の娘らしいと思えるのだった。こそ泥を働く以上は誰も彼もから恨まれて欲しいというのは、母親の心持ちとしてどうなのか。登美子はお茶を飲み息を整えた。

「本当に申しわけないと思っているはずなんですけれど——なんでわたしの財布から持って行かなかったんだろうって。そんなこと考えてしまいました。わたしなら、身ぐるみ剝いで出て行ってくれて構わないのに」

二杯目のお茶から湯気が立ち上る。

「いろんな従業員を見てきたから、思い出すことも多いんだけどね」

八重に言わせれば、一度ついた手の癖というのはなかなかその身から離れてくれないのだという。ひどいことを言うようだが、と前置きし、少しつよい口調で八重が言った。

「そっちの癖がついてしまった子は、トミちゃん――もう、いいんじゃないのかい」

親子の縁を切っても、という意味だと気づくのに少しかかった。縁か、と声にせずつぶやいた。そんなものは、もうとうの昔になくしてしまいました。もう、影も形も残ってはおりません。登美子の内側にひたひたと冷たい水が満ちてゆく。

「もう三十年も会ってないんだろう？　それじゃあ、わたしとあんたよりずっと縁がないじゃないの。この話言おうかどうか迷ったけれども、トミちゃんがまだ娘に思いを残していたら、そっちのほうが気の毒だと思ったからさ。三十年会わないなんてのは、子供であっても他人。下手をすれば他人より悪いんだよ」

登美子は、心あたりのある親切な同僚の顔をひとつふたつ思い描きながら八重に訊ねた。

「そのこそ泥が持ってった金は、いったいどのくらいなんでしょうか」

八重が眉尻を下げて「一万円」と言った。

「弁償はいいんだ。わたしに免じてってことで、色を付けて渡してある。どこかおかしなところから耳に入れたくなかったんで、わたしが言ったまでなんだよ」

登美子は眉毛が畳につきそうなくらい深々と頭を下げ、座布団から前に向かって転がりそうなほど体を丸めた。

「トミちゃんのところにやってきたときは、毅然《きぜん》と突き放すことだ。還暦間近で手癖の悪い娘があんたのところに現れたときは、年金日当てだと思って追い出しなさいね。それが出来なかったら、わたしのところに連れてきてちょうだい」

　八重が、この話はこのくらいにして、と八月の繁忙期にまた手伝いに来てくれるかと訊ねた。登美子はこの凜々《りり》しい先代女将の心意気をまっすぐ受け取り、承知しましたと応えた。

「最近は言葉も通じない子がお膳を運んでるの。そういう時代なんだと思ってはいても、正直なところやっぱり最前線は気働きの出来るベテランにいて欲しいんだよ」

　先代女将の心遣いに、もう一度頭を下げた。盗み癖のついた娘のことは忘れよう。今頃になって、登美子のすぐ近くまで来た理由も考えまい。

　旅館からの帰り道、木々を縫って鳥のさえずりが聞こえてきた。一羽、二羽――親子か、つがいか、赤の他人か。

　八重に向かって下げた頭も、謝罪の気持ちも嘘ではなかったはずなのに、登美子の胸の裡に広がりつつあるのは言葉には出来ぬ解放感だった。これで大手を振って捨てられる。縁切りという咎を赦《ゆる》されたような気がするのだ。萠子は赦してもらう先がなかったから、おかしな儀式が必要だったのだろう。

　ずいぶんと陽が長くなった。空を見上げると、また体がアスファルトにめり込みそうになる。さほど腹も空いていないし、おかしなことだと思いながら電信柱に摑まり、少し休んだ。もう充分に年を取ったのかもしれない。

　でも、鳥が枝で休むように、しばらくすればまた歩き出せる。歩き出せば、前に進むことしか考えなくなる。そうやって生きてきた。電信柱を離れ一歩踏み出し、登美子は前へ前へと進む己のつま先に礼を言った。

帰宅して、ふとサトミのことが気になり携帯に電話を掛けた。

自分の娘たちとは関係の整理がついたという安堵感を脇に抱え、さて妹のほうはどうなんだろうと気にかかった。結局別れずにいた亭主とふたり、老い先短い暮らしもいいように見えたが、ひとりにはひとりの、ふたりにはふたりの、角度の違う問題があるだろう。お互いを捨て合うことの出来なかった夫婦は、足並みの揃わない老いとどう付き合ってゆくのか。

四回のコールでサトミが出た。猛夫は台所で夕食を作っているという。

「サトちゃん、亭主に晩ご飯作ってもらうなんて、いい暮らしだねえ。体調はどうだい」

「いいよ。毎日元気でやってるよ」

言葉は元気がいいものの、どこからか空気が抜けているような話し方だ。怠《だる》いんじゃないのかと問うと、そんなことはないと返ってくる。

「明後日あたり顔を見に行くから。また楽しい話をしようかね」

無邪気に喜んでいるサトミに、お土産は何がいいかと訊ねた。声を低くして、サトミが答える。

「プリン」

「甘いもんはタケちゃんに怒られるんじゃなかったのかい」

「うん、でもプリンが食べたい」

こうなるともう子供と同じだった。明日には頼んだことも忘れてしまう、そんな場面を想像しながら「わかった」と告げた。

じゃあ、と受話器を戻そうと耳から浮かせたとき「トミちゃん、内緒なんだけど」と切り出した。

「二階に、知らないひとが来てる」

「知らないひと？　誰だいそれは」

「だから、知らないひとだってば」

一瞬、ボケているのは自分ではないかと疑い、ぶんぶん首を横に振った。

「ちょっとタケちゃんに代わってもらえるかい」

「パパは台所だもん、包丁持つからそばに寄るなって。ときどきそのひとがトイレに降りてくるんだけど、名前を訊けないの」

「男なの？　女なの？」

「女の人だと思う」

こんな会話では埒《らち》があかない。

「サトちゃん、明日そっちに行くから。タケちゃんにそう言っておいて。二階のひとにはなにも言わなくていい。お土産はプリンだね」

「うん、待ってるね」

受話器を置いたあと、浅くなっていた呼吸を元に戻すのに少しかかった。こんなに急に妹のことを心配するようになった理由も、自分の身軽さゆえか。半年放っておけた関係が、急に一日一日の持ち時間に食い込んでくる。サトミが記憶を手放してゆく時間が、そっくりそのまま登美子の毎日に挟み込まれてゆく。忘れてよいものは、老いと病いの力を借りてちゃんと肩から落ちてゆくようになっているのかもしれない。同時に、それを自力で出来ない弱さが人の可愛さであるように思えてくるのだった。

翌日、朝一番のバスに乗って、登美子はサトミを訪ねた。大通りのコンビニで百円のプリンをふたつ、渡さずに済めばいいと思いながら買い求めた。

玄関にたどり着き、サトミの言う「知らないひと」が長女の智代であったことを知ったときは全身から力が抜け、すべて三和土《たたき》に吸い込まれるようだった。

「智代ちゃんだったのかい」

大きく息を吐いた登美子を見て、智代がおっとりとした口調で「ご無沙汰してます」と頭を下げた。仕事を休んで帰省しているという。盆暮れ正月でもないのに、ふだん頻繁に行き来をしていない長女が実家に帰ってきている。靴を脱ぐより先に、何かあったのかと問うた。智代は更におっとりとした口調で、入院することになったって聞いたんで、と言葉尻を重たくする。

「入院？　このあいだ来たときにはなんも言ってなかったけども」

「血糖値がね、また高くなっちゃったらしいの。父ひとりではちょっと、もう限界なのかなって思って」

玄関先でする話でもなかった。登美子は買い物袋に入れたプリンが見つからないよう、背中に回し、案内されるまま茶の間へと入った。

喜んだのはサトミひとり。猛夫は「ああ、どうも」と言ったきり、大音量のテレビで世界遺産の番組を見ている。入院は明日だと聞いて、怒りに似たものが肚《はら》に沈む。

「このあいだ来たとき、なんも言ってなかったよ」

「恥ずかしくて言えないの。わかってやって」

智代ももう五十だと聞いて、なるほどと目尻や口元の深々とした皺を眺めた。猛夫ひとりでは入院の準備が出来なくなっているという。

「もう、何を言ってもきかないし、去年運転を辞めてもらうのだって大変だったの。おばさんには何にも知らせてなかったけど、事故を起こして車一台駄目にしちゃったんだから。母を乗せていなかったのだけが幸いで。肋骨折って、しばらく苫小牧の病院にいたこと、聞いてないでしょう？」

なるほどそれで連絡がなかったのかと腑に落としながら、智代のいいわけめいた報告を聞いた。サトミはしばらく智代の家と次女の乃理の家を行き来しながら暮らしていたけれど、だんだん塞ぎ込んでゆく母を見るに見かねて退院後の父親と一緒に一度釧路の家に戻したのだという。

「退院して動けるようになったとたん、自分たちで出来るって言い張ってきかないの。主に父が騒ぎ出して。だから、実際にやってみなさいって言ったの。そうしたら、このありさま。

一度入院して、血糖値を安定させないといけなくなっちゃった」

娘の真意がどこにあるのか、その疲れた横顔からは読み取れない。サトミは絶えず申しわけなさそうに眉尻を下げている。猛夫のふて腐れた肩先に、わずかな反抗を読み取った。

それより、と智代が納戸のある廊下を指さし、ちょっと来てくれと言う。サトミを茶の間に置いて、廊下に出た。

「おばさん、ちょっと見てやってちょうだい。入院支度で新しいティッシュの箱とバスタオルを探してたら、これだもの」

観音開きになった、幅一間奥行き六十センチはありそうな納戸に大小織り交ぜて、ふたつ三つずつ同じ規格の箱が詰まっていた。

「表側には薄いものを並べて隠したつもりだったようなんだけど、除《よ》けてみたらこれ」

智代の指さす先には、手つかずの高級洗剤のほか、サプリメント、白髪染めシャンプーとコンディショナーのセット、まったく同じドライヤーが三台と育毛剤がひと箱、補整下着、自然派化粧品一式が二箱、シミ取り美容液が二箱――

登美子の口から、意識せずに大きなため息が床めがけて落ちてゆく。納戸を眺めている智代から、湿った重たい気配が伝わってきた。

「発送の日付を見たら、六年も前なの。父が朝から晩までパチンコに行って、日中はいつも乃理と電話しているかテレビの通販番組を見ているかの時期だったみたい」

「乃理ちゃんはどうしてるの」

「函館に二世帯住宅買って住んでた。両親もいっぺんはそこに移ったんだけど、すぐにこっちに戻ってきた。なにがあったのか、乃理もはっきりとは言わないの」

函館の家は、老夫婦が老後の資金を遣ったという。智代の声がわずかに低くなった。

「結局、父が現金が欲しいって言い出して、その家を売ることにしたって。買った値段で売れるものじゃなし。引っ越した家をまたすぐ出ることになって、乃理も大変だったみたい。なにを考えているのか、娘に売るのも嫌だって。父親のわがままに振り回されるわたしたちのことなんか、まるで考えてないの。いつもそうなんだ、この家は」

「そう言うんじゃないよ、親には親の事情ってのがあるんだろうからさ」

「おばさん、それを言うなら、娘にも娘の事情だよ」

そりゃそうだ、と登美子は仕方なく笑った。

事情と事情が重なるから、世の中厄介になる。

智代はサトミの入院を見届けて、一度自宅に戻るという。列車を乗り継ぎ片道五時間と聞けば、そうそう往復も出来ないと嘆いた。

「わたしも明日、病室までついて行ってもいいかい」

「おばさんがしっかりしててくれて、ありがたいわ。ときどき様子を見に来てくれたら、こっちも安心」

事情の許す人間が、事情の範囲内で動けばいいことなのだ。登美子は改めて、サトミが購入した通販の品々を眺めた。

六年前、サトミはまだ皺やシミ、白髪を気にし、外出時には補整下着を着けようと思っていたのだった。忘れっぽくなった頭に少しでも効くよう、記憶力を謳《うた》ったサプリメントも買った。手つかずのそれらが、ゆるゆると滲《にじ》んで、登美子は観音扉を閉めた。

「おばさん、なにか要るものがあったら、持って行って」

「そんなこと、言うもんじゃないよ智代ちゃん」

諭した登美子に、智代が涙ぐんだ。

「いいんです、もう。サトミさん、今回の入院のあと施設を探してもらうことになったから」

「施設って何の施設なの」

有料の老人ホームだと聞いて、膝から崩れそうになる。もう、猛夫ひとりに任せておけないのだと言う。土地を離れるのを嫌がる父親を説き伏せることが出来ないまま、病院のケースワーカーからは「行政の力を借りましょう」と提案されたのだった。

「もし施設が見つからなかったら、どんなに嫌がってもうちに来てもらわなきゃいけないの」

登美子が元気でいてくれてどれだけありがたいか、と口にする姪は、親の老いを受け止めざるを得ない納戸に愕然とし、態度で父親をなじったに違いない。猛夫の態度の硬さにも、繙《ひもと》けばしっかりとした理由がある。あちらこちらに散らばるようにしてそれぞれの事情が転がり、いつしかみな、その事情に足を取られながら歩いている。

登美子はすっきりと軽い自分の体を目立たぬよう喜ぶことにした。

「智代ちゃん、サトちゃんの血糖値はどうなの？　ひどく高いの？」

「ここ三日くらい、毎日看護師さんが来てくれてたからだいじょうぶ。明日の朝ベッドが空くまでの措置みたい。今日も夕方様子を見に来るって聞いたけど」

「そうかいそうかい」

智代は、坂の下にある大型スーパーまで行き、新しい下着を買ってくるという。

「この補整下着ってわけにもいかないしね」

そのときだけ少し笑顔を見せた。

バッグを片手に玄関を出る智代を見送ったあと、登美子はサトミを誘って二階へと上がった。奥の部屋に入り、先日ふたりで空を見上げた、ベッドと窓辺の隙間へと潜り込む。

「サトちゃん、明日病院に入るんだって？」

「ああ、そうなんだ。仕方ないよね、馬鹿になっちゃったし」

「馬鹿じゃないよ。だいじょうぶ」

「ありがとう、トミちゃん」

登美子は買い物袋から取り出したプリンをひとつサトミに渡した。サトミの顔がパッとほころび頬に赤みが戻る。シミだらけの丸顔に、子供の頃と同じちいさな目がきらきらと光っている。

「はい、お土産。一緒に食べよう。絶対絶対、内緒だよ」

「嬉しい、トミちゃん、覚えててくれたんだ」

おや、と思いサトミこそ覚えていたのかと問い返す。

「昨日電話くれたとき頼んだじゃない。トミちゃん忘れてなかったんだ、良かった」

嬉しそうにプラスチックの蓋を外す妹の横で、登美子は窓の外に広がる空を見上げた。ここにひとつの幸福があるのだった。

登美子は自分から離れていった娘たちの幸福と、そこに溺れない程度の不幸を祈った。知らず知らず、涙が出てくる。サトミの内側で精査された記憶の、ほんの端っこにでも残りたかった。

「美味しい、トミちゃん、このプリン美味しい」

美味しいを何度も繰り返し、底のカラメルを名残惜しそうにスプーンですくいながらサトミが言った。

「わたし、このプリンの味、一生忘れない」

そうかい――

そうかい、サトちゃん――

登美子はまた、幼い頃のように妹の頭を撫でた。

わたしも、忘れない――

初出
「小説すばる」二〇一九年一月号・三月号・五月号・七月号・九月号
単行本化にあたり、加筆・修正を行いました。
本作はフィクションであり、実在の個人・団体等とは無関係であることをお断りいたします。

桜木紫乃

さくらぎ・しの
一九六五年北海道生まれ。
二〇〇二年「雪虫」でオール讀物新人賞を受賞。
〇七年に同作を収録した単行本『氷平線』を刊行。
一三年『ラブレス』で島清恋愛文学賞を受賞。
同年、『ホテルローヤル』で第一四九回直木賞を受賞し、ベストセラーとなる。
『起終点駅　ターミナル』『無垢の領域』『蛇行する月』
『星々たち』『裸の華』『ふたりぐらし』『緋の河』など著書多数。

家族《かぞく》じまい

二〇二〇年　六 月一〇日　第一刷発行
二〇二〇年一一月一一日　第六刷発行

著　者　桜木紫乃《さくらぎしの》
発行者　徳永真
発行所　株式会社集英社
〒一〇一-八〇五〇
東京都千代田区一ッ橋二-五-一〇
電話　〇三-三二三〇-六一〇〇(編集部)
〇三-三二三〇-六〇八〇(読者係)
〇三-三二三〇-六三九三(販売部)書店専用

印刷所　凸版印刷株式会社
製本所　株式会社ブックアート

定価はカバーに表示してあります。

ISBN978-4-08-771714-3 C0093

小説すばるから生まれた本

蝦夷太平記 十三の海鳴り　安部龍太郎

幕府に従い利をとるか、朝廷につき義を果たすか。舞台は鎌倉末期の奥州、蝦夷。身の丈六尺三寸の青年・安藤新九郎が大太刀を振るい、アイヌと力を合わせ切り拓く、真に進むべき道とは——。日本史最大の謎に迫る「太平記」シリーズ。

桃源　黒川博行

沖縄の互助組織「模合」。この制度で集めた仲間の金、六百万円が持ち逃げされた。行方を追う大阪府警の刑事が辿り着いたのは、南西諸島近海に沈む中国船から美術品を引き上げるというトレジャーハントへの出資詐欺事件だった。正統派の警察捜査小説。

終の盟約　楡周平

内科医の輝彦は、認知症を発症した父を、本人の事前指示書に従って父の旧友が経営する病院に入院させた。長い介護生活を覚悟した矢先、父は突然死した。死因は心不全。しかしあまりに急な死に、疑惑を抱く者も——。「安楽死」をテーマに描いた問題作。

地面師たち

新庄耕

ある事件で家族を亡くした辻本拓海は、大物地面師・ハリソン山中の下で不動産詐欺に加担していた。一方、長年地面師を追う刑事の辰は、独自の捜査を続けるうち、ハリソンが拓海の過去に深く関わっていたことを知る。組織的犯罪を描くクライムノベル。

さいはての家

彩瀬まる

家族を捨てて駆け落ちした不倫カップル、逃亡中のヒットマンと事情を知らない元同級生、新興宗教の教祖だった老婦人、旧弊な家から逃げてきた姉妹――。人生に行き詰まった人々がひととき住み着く、一軒の「家」を巡る連作短編集。

透明な夜の香り

千早茜

古い洋館で営まれる、完全紹介制の「香り」のサロン。天才調香師・小川朔のもとに、亡き夫の香りを求める女性や、匂いを手がかりに行方不明の娘を探す親など、事情を抱えた依頼主が次々訪れて――。新たな知覚の扉が開く、ドラマティックな長編小説。

書き下ろし文芸単行本

金木犀とメテオラ　安壇美緒

東京生まれの秀才・宮田佳乃と、完璧な笑顔を持つ美少女・奥沢叶。奥沢はパッと目を引く美少女で、そつのない優等生。宮田はその笑顔の裏に隠された強烈なプライドを、初対面のときからかぎ取っていた。北海道の中高一貫の女子校を舞台に、やりきれない思春期の焦燥や少女たちの成長を描く青春長編。

雪と心臓　生馬直樹

クリスマスの夜。燃え盛る民家に取り残された少女。一人の男が、少女を救うため灼熱の地獄に飛び込んだ。しかし、歓声の中で炎の中から助け出された少女は、そのまま男に連れ去られた——。ある双子の男女にまつわる二十余年の物語。さみしさが、ぬくもりが、心に触れる傑作ミステリ。

あの日を刻むマイク　ラジオと歩んだ九十年　武井照子

玉音放送、GHQ指導下の「婦人の時間」、長寿番組「お話でてこい」、名作「ひょっこりひょうたん島」。家庭と仕事を両立させながら、激動の時代を生きた一人の女性が語る日本の昭和史・平成史。九十四歳、元NHKラジオアナウンサーが綴る、時代の記録と出会いに満ちたメモワール。